INDAGINE SENZA PELO

UN DETECTIVE CON LE VIBRISSE

LIBRO 3

MOLLY FITZ

Editor: Megan Harris
Traduttrice: Barbara Parutto
Revisori: Annalisa Guerrini-Körner
Copertina: Lou Harper, Cover Affairs

PO Box 873543
Wasilla, AK 99687

TRAMA

**Questi due gatti sono privi di pelo e spaventati...
Ma avranno davvero ucciso la loro proprietaria?**

Non ho deciso io di diventare un'investigatrice privata
con un gatto parlante criticone come assistente, ma
ormai non c'è modo di tornare indietro. Soprattutto
ora che una figura politica di spicco è stata uccisa
proprio a due passi da casa mia.

Gli unici testimoni sono i due gatti senza pelo della
senatrice, Jacques and Jillianne. In genere gli animali
ci aiutano di buon grado a trovare l'assassino dei loro
proprietari, ma stavolta sembra che i colpevoli
possano essere proprio i due subdoli felini.

Sorprendentemente Gattavius vuole darmi una mano, ma fatica a capire i due principali sospettati a causa dello strano modo di esprimersi degli Sphynx. E io che credevo che il gattese classico fosse già abbastanza difficile!

E così, anche dopo due casi già risolti, non so proprio come farò a venire a capo anche di questo. Sarà troppo tardi per tornare sui miei passi e dedicarmi a un altro lavoro?

NOTA DELL'AUTORE

Ciao e grazie per aver scelto questo libro! Anche a te piacciono i cozy mystery con una buona dose di umorismo? Allora saremo ottimi amici!

Cosa ne dici, intanto, di tenerci in contatto sulla mia pagina Facebook? L'ho creata appositamente per i miei fantastici lettori italiani. Vieni a trovarmi su www.facebook.com/raccontimiciosi

Insieme ci divertiremo tantissimo. Gira pagina... e inizia l'avventura!

Ti aspetto nel magico mondo dei gatti.

MOLLY

A chi sogna di poter parlare con il proprio amico a quattro zampe... Cosa ve lo impedisce?

Ciao, sono Angie Russo e il mio gatto non la smette mai di parlare. E non mi riferisco ai normali miagolii, ma a discorsi veri e propri che io sono in grado di comprendere. Finora sono l'unica che sembra avere questa capacità e non ho la minima idea del perché.

Tutto è iniziato quando ho preso la scossa dalla vecchia macchina per il caffè dello studio legale in cui lavoro come assistente. Da allora io e Gattavius abbiamo utilizzato il nostro superpotere per risolvere due casi di omicidio e devo ammetterlo: siamo un'ottima squadra!

Sono trascorse solo poche settimane dall'indagine che è valsa un biglietto 'Esci gratis di prigione' al tuttofare Brock Calhoun, e il mio compare felino non vede già l'ora di risolvere un altro caso. A quanto pare, al momento dormire e lamentarsi tutto il giorno non è abbastanza emozionante per lui.

Da sempre sono alla ricerca del mio talento speciale, qualcosa che mi renda unica e che mi dia uno scopo nella vita. Da giovane mia nonna era una star di Broadway, mentre i miei genitori sono entrambi giornalisti televisivi e amano il loro lavoro.

Tutti e tre hanno trovato la loro strada fin da giovani, senza incertezze, mentre io ho dovuto lottare a lungo per capire quale fosse la mia. Ero talmente indecisa da non riuscire neanche a scegliere un corso di laurea specialistica; ho ottenuto, invece, ben sette diplomi universitari.

Di certo non mi sarei mai aspettata di scoprire che la mia vocazione fosse fare l'assistente legale, soprattutto considerando quanto ho sempre detestato gli avvocati. Ma ora che ho Gattavius e il mio superpotere, lavorare per Thompson, Longfellow & Associates mi offre la copertura perfetta per utilizzare il mio talento per fare giustizia, anche perché il nuovo socio dello studio conosce bene la mia capacità di parlare con gli animali.

Proprio così! Charles non è stato licenziato: al contrario, ha ottenuto una promozione. Ero così orgogliosa di lui che gli ho perfino proposto di tornare al

Little Dog Diner di Misty Harbor per festeggiare con i panini all'astice più buoni del mondo, ma lui ha detto che avremmo dovuto andarci un'altra volta perché aveva già un impegno con la sua ragazza, Breanne Calhoun.

Sì, anch'io pensavo di non aver capito bene.

La notizia che aveva iniziato a uscire con quella donna scortese e fredda come il ghiaccio, che fino a poco prima sospettavo di omicidio, era stata più che sufficiente ad azzerare la mia cotta per lui una volta per tutte. Avevo anche deciso che, se Gattavius l'avesse ancora chiamato Chuck il Ciuco, non mi sarei più data la pena di correggerlo.

Ciò nonostante, il pensiero di lui e Breanne insieme mi faceva stare male.

Ma era meglio così, suppongo: avevo proprio bisogno di concentrarmi sulla mia capacità di parlare con gli animali per riuscire a comprenderla a fondo. Inoltre, io e Gattavius dovevamo imparare a indagare senza destare sospetti. E ciò significava che non avevo tempo per l'amore, le cotte o qualsiasi cosa avessi provato per Charles.

In ogni caso, a che ti serve un fidanzato quando hai un gatto parlante?

A me non serviva di certo! Beh, almeno per il momento.

Ultimamente avevo trascorso molto più tempo con mia madre. Da quando ci aveva aiutati a catturare l'assassino nell'ultimo caso a cui avevo collaborato, era diventata una celebrità. Aveva realizzato uno scoop in esclusiva ed era riuscita perfino a mandare in onda in tempo reale il mio confronto con l'assassina e il suo arresto. Il servizio era stato trasmesso in tutti gli Stati Uniti e lei e mio padre avevano ricevuto offerte di lavoro da ogni angolo del paese.

L'ultima proveniva da San Antonio, credo.

Ma lei non intendeva accettarne nessuna finché non avessi acconsentito a trasferirmi insieme a loro. Io però non avrei mai lasciato la nonna e lei non avrebbe mai lasciato Bluebarry Bay, quindi saremmo rimasti tutti esattamente dove ci trovavamo.

Certo, se troppa gente fosse venuta a conoscenza del mio segreto, prima o poi me ne sarei dovuta andare. Al momento erano in cinque a saperlo: la nonna e i miei genitori, a cui ero stata io a dirlo, più Charles Longfellow III e una studentessa universitaria di nome Mitch, che invece lo avevano scoperto per caso. Auspicabilmente nessun altro ne sarebbe venuto a conoscenza, ma sembrava che molte persone fossero già sul punto di scoprire tutto.

E questo mi preoccupava parecchio.

Soprattutto perché mia madre mi aveva appena

chiesto di aiutarla con la sua nuova indagine giorna-
listica...

* * *

Finalmente ero passata all'orario part-time e avevo
una giornata libera, il che, purtroppo, significava
restarmene a casa a imballare la mia roba sotto la
supervisione di un tigrato estremamente esigente.

Non soltanto avevo dovuto buttare parecchie cose
che lui reputava inadeguate, ma era proprio lui la
ragione per cui dovevo traslocare. D'accordo, ero stata
io a dirgli che gli dovevo un grosso favore per averlo
portato a spasso con pettorina e guinzaglio, ma non
avevo messo in conto che l'entità di quel favore
potesse ammontare a cinquecentocinquanta metri
quadrati!

Infatti era venuto fuori che il famoso favore
consisteva nell'acquisto dell'antica villa in cui Gattavius aveva vissuto con Ethel Fulton prima che
questa venisse assassinata e che lui, a seguito di una
serie di eventi uno più pazzesco dell'altro, venisse a
vivere con me. E così una pettorina da dodici dollari
mi era venuta a costare un gran numero degli
assegni mensili che ricevevo per occuparmi di tutto
ciò che riguardava il suo benessere. Una bella

lezione che mi aveva insegnato a pensarci due volte prima di fargli una promessa senza conoscerne bene i termini.

Certo, il mio ex capo, il signor Fulton, mi aveva fatto uno sconto più che generoso sul prezzo, anche perché non c'erano stati potenziali acquirenti da quando si era diffusa la notizia dell'omicidio della proprietaria precedente; ma anche tenendo conto di tutti questi aspetti, Fulton Manor mi sarebbe costata una fortuna, non soltanto per il mutuo, ma anche per i numerosi lavori che sembravano necessari a fini di sicurezza.

O almeno così aveva detto l'ispettore che aveva controllato le condizioni della tenuta.

E in men che non si dica la vendita era stata conclusa e la casa era pronta affinché io e Gattavius andassimo a viverci. Buffo quanto la burocrazia possa rallentare o sveltire le procedure in base a quanto sono altolocate le tue conoscenze. A Bluebarry Bay i Fulton vantavano contatti di ogni tipo e così mi ero ritrovata ad acquistare una villa principesca praticamente senza muovere un dito.

Anche la nonna, che adorava me e il mio gatto in ugual misura, aveva deciso di darmi una mano. Nonostante possedesse da oltre trentacinque anni una casetta pittoresca, aveva deciso che era giunto il momento di venderla e trasferirsi da me nella mia nuova tenuta sull'East Coast.

«La differenza» mi spiegò «è che ora sarò io a stare da te e non il contrario.» Era così che giustificava il fatto di trasferirsi a casa mia dopo avermi praticamente cacciata da casa sua meno di un anno prima.

Onestamente ero ben contenta di avere qualcuno che potesse fungere da intermediario fra me e Gattavius. Anche se gli volevo bene che di più non avrei potuto, si infuriava regolarmente con me trovando modi sempre nuovi di forzare i deboli argini che avevo tentato di imporgli.

E così quel weekend ci saremmo trasferiti tutti, anche se la nonna non aveva ancora ricevuto nessuna offerta d'acquisto. Breanne diceva che sarebbe stato più facile vendere una volta che la casa non fosse più stata occupata dal proprietario attuale. Proprio così. Non riuscivo a credere che la nonna avesse scelto proprio la Calhoun Realty per occuparsi della vendita. Avremmo dovuto farci una bella chiacchierata sul concetto di lealtà.

Ma prima dovevamo sopravvivere al trasloco.

«Sta arrivando qualcuno» mi informò Gattavius saltando sul fondo del letto dove gran parte del mio guardaroba era adagiata in attesa di valutazione. Ritenevo che dovermi traferire fosse un'ottima occasione per liberarmi di ciò che non mi serviva più, anche se nella nuova dimora avrei avuto a disposizione dieci volte lo spazio che avevo ora.

Un attimo dopo udii bussare nervosamente alla porta e la voce di mia madre che mi chiamava: «Angie? Angie, ci sei?»

«Arrivo» strillai lasciando cadere a terra la scatola mezza piena che tenevo fra le braccia.

Girai il pomello e mia madre si precipitò subito dentro: «Non indovinerai mai cos'è successo!» mi disse avvicinandosi all'armadio, prendendo una delle mie giacche e ficcandomela in mano tutta esaltata.

«Di che si tratta?» chiesi ancora un po' assonnata, assolutamente impreparata a quel livello di entusiasmo.

Mi seguì in cucina, dove presi e aprii una lattina di Diet Mountain Dew. Era il mio più recente tentativo di trovare un surrogato del caffè e finora era andata piuttosto bene.

«Lou Harlow è stata assassinata!» squittì deliziata.

«Ehm, mamma, potresti mostrarti un po' meno entusiasta quando parli della morte di qualcuno?» E poi Lou Harlow non era una persona qualunque: in qualità di uno dei due senatori incaricati di rappresentare l'eccelso stato del Maine, era una delle persone più in vista tra gli abitanti di Bluebarry Bay.

E ora era morta e, per qualche motivo, mia madre era esaltata alla notizia.

«Scusami. So che è una brutta cosa che sia morta e tutto il resto, ma indovina chi è stata incaricata di occuparsi del servizio speciale?» Si mordicchiò il labbro inferiore e si puntò il petto con entrambi i pollici spalancando gli occhi in modo esagerato ed estremamente comico.

«Congratulazioni» mormorai, ancora turbata dalla sua reazione.

«Grazie» disse con un sorriso vago. «A quanto pare ho fatto un lavoro talmente buono con il servizio sull'omicidio degli Hayes che hanno deciso di assegnarmi un altro reportage investigativo.»

«Sono felice per te, mamma.» E lo ero davvero. Aveva lavorato duramente per arrivare dove si trovava e ora, finalmente, ne raccoglieva i frutti... cadaveri compresi, suppongo.

«Bene, perché ho bisogno del tuo aiuto.»

«Cosa? No, no, no, no.» Ok, avevo preso parte alle indagini per trovare il vero assassino degli Hayes e scagionare Brock Calhoun, ma questo non significava che volessi trovarmi di nuovo coinvolta in un altro caso di omicidio, soprattutto se si trattava di un caso che avrebbe attirato l'attenzione di tutta l'America. Come questo, per l'appunto.

«Angie, in realtà non hai altra scelta.»

Mugugnai e scossi il capo: «Così riuscirai sicuramente a convincermi.»

«La senatrice è stata uccisa a casa sua» mi rivelò. «E sai dove abitava?»

«Da qualche parte a Glendale?» sospirai.

«Non in un posto qualsiasi» mi corresse mia madre con una nuova luce che le balenava negli occhi nocciola. «Ma proprio nella casa di fianco a quella in cui stai per andare a vivere!»

2

Ok, questo decisamente non era ciò di cui avevo bisogno proprio il giorno del trasloco! La mia nuova casa era già stata marchiata da un omicidio e ora anche quella accanto era diventata la scena di un crimine.

Mia madre mi fissava con occhi scintillanti: «Allora?» Mi diede un colpetto con il gomito come se non stessimo facendo niente di più innocuo che discutere degli ultimi pettegolezzi su qualche reality show. Ma quello non era un reality show. Era vita vera. La mia vita.

«Conosco quell'espressione» dichiarò Gattavius seduto accanto a me. «È quella che hai sempre quando stai per decidere di fare qualcosa di stupido.»

«Ok, buona fortuna per l'indagine» borbottai

sperando di metterli a tacere entrambi per poter tornare a riempire scatoloni.

Ma non funzionò.

Mia madre mi afferrò i polsi e iniziò a tirare cercando di farmi alzare dalla sedia. «Vieni con me. Ho bisogno di te!» gemette, enfatizzando ogni parola con un notevole effetto drammatico. Non c'era da stupirsi che fosse la giornalista più in voga di Blueberry Bay. Perfino io mi trovai a voler sapere (e temere) cosa sarebbe accaduto in seguito.

Con uno strattone mi liberai dalla sua presa e mi avvolsi le braccia intorno alla vita in atteggiamento difensivo: «Nel caso tu te lo sia dimenticata, oggi devo traslocare e ho ancora un milione di cose da fare prima che arrivino quelli della ditta. Ormai mancano solo poche ore.»

Mia madre esitò a quelle parole. Si piazzò dietro la mia sedia e mi appoggiò le mani sulle spalle facendomi trasalire: «Ore, dici? Allora abbiamo tutto il tempo di andare a dare un'occhiatina veloce. Dai, non sei almeno un po' curiosa?»

Mi morsi il labbro cercando con tutta me stessa di non rispondere. La verità era che percepivo già il fremito di emozione dell'indagine. E, nonostante il buon senso e le cose da fare mi suggerissero di lasciar perdere, ero intrigata dal fatto che la scena del crimine fosse proprio la casa di fianco alla mia.

Un cadavere fresco di giornata dai vicini. Che regalo di benvenuto accogliente!

Accorgendosi di aver catturato la mia attenzione, mamma decise di giocarsi il tutto per tutto. Avvicinò il viso al mio e iniziò a far dondolare la mia sedia: «Ecco cosa faremo. Ora tu vieni con me a dare un'occhiata veloce, poi torniamo qui e ti aiuto a finire di riempire gli scatoloni. Che ne dici? Affare fatto?»

Con un gemito appoggiai la fronte sul tavolo. Le gambe anteriori della sedia ricaddero sul pavimento con un gran tonfo. «Affare fatto» mormorai contro il legno freddo.

«Ci risiamo. Perché non ne sono affatto sorpreso?» commentò Gattavius sarcastico prima di correre via senza neanche degnarmi di un'occhiata.

«Evviva!» Mia madre batté le mani più volte e prese a tirarmi di nuovo per un braccio. A volte mi sembrava di essere l'unica adulta della famiglia, il che era tutto dire, considerando che mamma aveva da poco passato i cinquanta e la nonna aveva superato i settanta, seppur portati benissimo.

«Andiamo!» disse mia madre tirandomi ancora per il braccio. Questa volta mi alzai e la seguii. «Ti aggiorno io su tutto durante il tragitto.»

Mantenne la parola. Iniziò a parlare nell'istante stesso in cui inserì la chiave nel cruscotto: «So che la politica non ti interessa granché, ma la senatrice Lou Harlow era al suo quarto mandato, con vittorie schiaccianti a ogni elezione, e molto probabilmente sarebbe stata rieletta di nuovo. Qui era amata da tutti, un fatto che rende la sua morte ancora più scioccante.»

Mi mordicchiavo l'unghia del pollice mentre parlava, una brutta abitudine che di recente era sfuggita sempre più al mio controllo.

Mia madre mi diede uno schiaffetto con la sua mano dalla manicure perfetta: «Smettila. È disgustoso!»

«Scusa» mormorai, passando l'indice sul bordo frastagliato dell'unghia e cercando di tornare a concentrarmi sul discorso.

«Allora forse un rivale in politica voleva prendere il suo posto e ha pensato che ucciderla fosse più semplice che batterla in modo onesto?»

«Forse» disse mia madre riappoggiando entrambe le mani sul volante, ora che sembrava non fosse necessario sgridarmi una seconda volta. «Approfondiremo sicuramente questa pista e vedremo cosa ne salterà fuori.»

Percepii un *ma*. Vedendo che lei non aggiungeva

altro, decisi di provarci io: «Ma?»

«Perché ucciderla in casa sua quando trascorreva la maggior parte del tempo a Washington?» chiese come se io potessi avere una risposta.

Mi strinsi nelle spalle: «Magari era una soluzione più comoda.»

«Ma è troppo ovvio, non credi?» Si accigliò mentre ci rifletteva su.

«Forse il nostro assassino non è poi così furbo. In ogni caso, come è morta la senatrice?» Per quel che ne sapevo, però, in genere gli assassini erano piuttosto scaltri. Scaltri e vanitosi. Due tratti che, combinati con l'assenza di senso morale, spesso significavano guai, sia per le loro vittime che per me, fiera detective in erba che faceva del proprio meglio per consegnarli alla giustizia.

Beh, almeno negli ultimi tempi.

Avrei continuato per sempre a dare la caccia ai killer di Blueberry Bay e dintorni?

Solo il tempo avrebbe potuto dirlo, ma avevo il vago sospetto che la risposta sarebbe stata un sonoro 'Oh diamine, certo che sì!'

Mia madre si fermò a uno stop e mise la freccia, poi si voltò verso di me. Anche questa volta con un'espressione di assoluta gioia, mi rivelò: «Qualcuno l'ha buttata giù dalle scale.»

Oh, per l'amor del cielo...

«Allora come fanno a sapere che non si è trattato solo di un banale incidente?» Forse eravamo state un po' troppo precipitose; perfino io, che già mi vedevo come l'investigatrice del secolo di Glendale, Stato del Maine.

Mia madre sembrava confusa: «Come fanno? Chi? Siamo noi a indagare e non lo sappiamo per certo, ma sospettiamo vivamente che ci sia qualcosa sotto.»

Mi morsi la lingua per non dirle che in realtà era la polizia a occuparsi delle indagini e che io ancora non ne sapevo abbastanza per far parte di quell'altisonante 'noi'. Ma sembrava che fossi io la prima a doverlo ancora imparare.

Scrollandomi di dosso il senso di delusione, girai la testa per guardare il panorama che vedevo scorrere accanto a noi dal finestrino. La vegetazione si estendeva a perdita d'occhio: piante, fiori, erba. Ovunque la vita sbocciava. Beh, eccetto che nella tenuta di Lou Harlow.

I gabbiani si lasciavano trasportare dalla brezza, ricordandomi che la meravigliosa Blueberry Bay era solo poco più in là. Vivevamo così vicini all'oceano che l'aria aveva sempre un lieve sentore di sale. La mia nuova casa era quasi sulla costa, tanto che avrei potuto raggiungere la spiaggia a piedi in dieci minuti.

«Spero che la smettano di spuntar fuori cadaveri da queste parti» dissi con un sospiro. Tanto per cominciare, la nostra era una piccola città. Se gli omicidi fossero continuati a quel ritmo, la popolazione si sarebbe dimezzata entro la fine dell'anno.

«Non trovi che da un lato sia emozionante?» chiese lei mentre guidava lungo il viale privato che conduceva alle residenze più esclusive di Glendale tra cui, inspiegabilmente, ora c'era anche casa mia.

Capivo perché si sentisse così. Per anni aveva sprecato il proprio talento giornalistico su articoletti di elogio e storie di importanza secondaria. Adesso il nuovo, meschino corso degli eventi nella nostra cittadina era fonte di notizie di rilievo e di incarichi assai più interessanti per lei.

Tuttavia, erano morte delle persone e questo non andava per niente bene.

Un improvviso lampeggiare di luci rosse e blu in cima alla collina mi salvò dal dover rispondere. Mi madre imboccò una traversa dopo la mia nuova casa e si fermò proprio davanti alla tenuta della povera Lou Harlow. C'erano poliziotti ovunque, molti di più di quelli che lavoravano nella nostra piccola e tranquilla città. Sembrava che le forze dell'ordine dell'intero paese si fossero riversate lì; che poi fossero lì per indagare o semplicemente per fissare davanti a sé con sguardo inebetito, era tutto da vedere.

Alcuni agenti chiacchieravano davanti al vialetto d'ingesso, i caffè da asporto in mano. Altri si aggiravano pavoneggiandosi intorno alla proprietà, parlando nelle radioline e carcando di darsi un'aria importante. Altri ancora erano intenti a sistemare intorno al portico l'odioso nastro giallo che delimita le scene del crimine.

Detestavo tutto questo. Moltissimo. La senatrice si meritava di meglio. Chiunque se lo sarebbe meritato.

Mia madre si fermò proprio dietro alla volante più vicina e spense il motore. «Pronta?» mi chiese, lanciandomi una rapida occhiata prima di precipitarsi già dall'auto e dirigersi senza esitazioni verso il gruppo di agenti che stazionava davanti alla casa.

«Che dispiegamento di mezzi!» disse in tono gioviale, mentre io mi affannavo per raggiungerla. Pur essendo più alta di lei, e quindi avendo, almeno in teoria, una falcata più lunga, lei schizzava di qua e di là come un colibrì, a volte così velocemente da faticare a starle dietro anche solo con lo sguardo.

«È una scena del crimine, non potete stare qui» ci informò un'agente di provincia, facendoci cenno di sloggiare con la mano.

«Sono Laura Lee di Channel 7 News» dichiarò

con orgoglio mia madre porgendole la mano in segno di saluto.

La donna sogghignò, rifiutandosi di stringergliela: «Oh, allora non vi vogliamo qui, poco ma sicuro!»

Dall'altra parte del cortile uno dei poliziotti del posto ci vide e gridò: «Va tutto bene. Lei è con noi.» L'agente Bouchard ci corse incontro: «La signora è autorizzata» disse agli altri.

«Grazie» gli disse mia madre rivolgendo un sorriso falso all'agente che aveva cercato di impedirci di entrare. «Ora sia così gentile da aggiornarci sui fatti.»

Sospirai e presi mentalmente nota del fatto che *Come trattare gli altri e farseli amici*, la nota guida di auto-aiuto di Dale Carnegie, sarebbe stato un regalo perfetto per mia madre alla prima occasione.

«Agente Raines?» lesse mia madre sul badge della poliziotta dall'aria seccata. «Voglio solo dare una mano.»

«E come diavolo pensa di fare?» sbottò l'altra.

Cercai di ignorare il loro battibecco, osservando l'imponente facciata di pietra proprio di fronte a noi. Proprio come la mia nuova dimora, Fulton Manor, anche questa doveva misurare almeno 450 metri quadrati ed era probabilmente vecchia quanto lo stesso stato del Maine. Al secondo piano splendidi bovindi sporgevano a intervalli irregolari in quella che sembrava una ristrutturazione piuttosto recente. Mi chiesi se si riuscisse a scorgere l'oceano da lassù. In ogni caso sembravano un posto comodo in cui adagiarsi con un buon libro. Forse avrei potuto far aggiungere una seduta incorporata nel corso dei lavori di ristrutturazione.

Ero ormai quasi completamente immersa in quella fantasia quando qualcosa catturò il mio sguardo. Strizzai gli occhi per cercare di vedere di cosa si trattasse, ma l'unica cosa che riuscii a notare fu lo svolazzo delle tende. Chiunque stesse osservando la caotica scena in giardino ora era sparito.

Lasciai mia madre a discutere con l'agente Raines e mi feci lentamente strada verso l'ingresso. Forse lei preferiva indagare parlando con la gente, ma io avevo sempre preferito saltare a piè pari nelle situazioni e vedere cosa riuscivo a scoprire.

Per lo meno, se all'interno avessi trovato qualche brutta sorpresa, ci sarebbero stati decine di agenti che vagabondavano nelle vicinanze. Avrei potuto ricevere aiuto in un batter d'occhi.

Giusto?

Non avevo proprio nulla di cui preoccuparmi mentre entravo in punta di piedi proprio nel bel mezzo della scena del crimine.

3

Nonostante la frenetica attività all'esterno, l'interno della magione era vuoto. Sinistramente vuoto. Appena entrata mi trovai di fronte all'imponente scalinata. Era stata transennata e tutto era già stato ripulito, ma i segni dell'accaduto erano evidenti.

Uno degli scalini più in basso aveva ceduto, mettendo in dubbio la stabilità dell'intera struttura. A pochi metri dall'ultimo scalino la posizione del corpo della senatrice era stata delineata con una lucente sagoma bianca. Poveretta. Era stata una forza della natura da viva, ma quel contorno che ne sottolineava la morte sembrava terribilmente piccolo.

Anche se mia madre dava per scontato che non sapessi nulla di politica e di attualità, avevo votato per la senatrice alle ultime due elezioni. La Harlow si batteva per proteggere la bellezza della natura del nostro paese e i suoi cittadini. Anche se non mi sentivo sostenitrice di nessun partito, molto spesso mi ero trovata in accordo con le prese di posizione della senatrice Harlow.

Inoltre, dalle poche interviste trasmesse in TV e articoli online che ero riuscita a trovare, mi ero accorta che mi piaceva. Mi ricordava la nonna, solo che indossava tailleur con pantaloni realizzati su misura, anziché dei kimono di seta a fiori.

Si era battuta instancabilmente in nome della gente, aveva fatto tanto e ora una di quelle persone l'aveva uccisa. Chinai il capo e recitai una preghiera nella speranza che la morte fosse sopraggiunta rapida e indolore e che presto l'assassino venisse assicurato alla giustizia.

Di recente avevo avuto a che fare con vari casi di omicidio, ma questo in qualche modo mi toccava più da vicino. Lou Harlow non era un'estranea: era una persona che avevo visto in TV, su internet e perfino sullo strano giornale che ancora faceva la sua comparsa ogni giorno in ufficio.

«Eccoti» gridò mia madre alle mie spalle, facendo svanire la sacralità del momento con il proprio ingresso.

Tenni lo sguardo fisso davanti a me. C'era forse qualche indizio importante che non avevo notato per via delle emozioni che in quel momento offuscavano la mia razionalità?

«Una cosa davvero terribile» gracchiò mia madre mostrando finalmente un po' di sano rimorso.

Restammo lì, una di fianco all'altra, ad analizzare la scena finché un bagliore verde giallastro in cima alle scale non attirò la mia attenzione. Feci qualche passo in avanti per poter vedere meglio.

«Che cos'è? Vedi qualcosa?» mi chiese mamma in un bisbiglio eccitato.

Non riuscivo a capire cosa ci fosse lassù, ma glielo indicai ugualmente.

Entrambe allungammo la testa e ci sporgemmo finché, finalmente, vidi un muso terrificante, simile a quello di una mummia, che mi fissava dall'alto. «Credo sia un animale di qualche tipo.» Ma non assomigliava a nulla che avessi mai visto. Magari allo zoo, ma in libertà lungo la costa del Maine? Non mi risultava niente del genere.

«La senatrice aveva due gatti» sottolineò mia madre, ancora intenta a sporgersi per riuscire a vedere qualcosa.

«Di qualunque cosa si tratti, dubito che possa essere un gatto.» Feci un altro passo avanti, piegando il collo all'indietro per vedere meglio, ma l'unico risultato fu riuscire a farmi male. «Accidenti. Se solo non fosse così buio qui dentro!» gemetti.

Mia madre prese il cellulare e scattò una foto con il flash. Il lampo di luce fu più che sufficiente a illuminare completamente il piccolo animale che aveva attirato la mia attenzione. Un secondo esemplare identico, ma più grande, se ne stava seduto più lontano dal corrimano. Sembravano usciti da un film dell'orrore, ma almeno ora sapevo che erano gatti.

Gatti senza pelo e con moltissime rughe. Che orrore!

Sussultai immaginando Gattavius rasato a quel modo, un'immagine ancora più spaventosa dei due bizzarri Sphynx seduti davanti a me.

Mia madre mi mostrò la foto che aveva scattato: «Sono gatti senza pelo» disse in tono pratico.

Rabbrividii di nuovo: «Perché qualcuno dovrebbe mai volere un gatto senza pelo?»

«Allergie? Bisogno di attenzioni?» ipotizzò mia madre stringendosi nelle spalle. «Forse entrambe le cose.»

Dall'alto risuonò un ringhio che mi fece venire la pelle d'oca. Anche se non da molto, ero un'amante dei gatti. Allora perché quei due mi spaventavano così tanto? Era per la mancanza del pelo o perché se ne stavano appostati nel luogo in cui era stato commesso un omicidio? O tutte e due le cose?

Dopo un altro sonoro ringhio il gatto più grande fece la sua comparsa in cima alla scala scrutandoci dall'alto in basso come un sovrano insoddisfatto. O una guardia carceraria. O un assassino.

«Ciao» dissi, pur sapendo che non sarebbe riuscito a capirmi senza Gattavius a fare da interprete.

Spalancò la bocca ed emise un soffio terrificante, poi girò sui tacchi e si allontanò, con il gatto più piccolo che lo seguiva.

«Lo ammetto: quelle bestie mi terrorizzano» dichiarai.

Mia madre infilò il telefono nella borsetta e si girò verso di me con la stessa espressione eccitata che aveva mostrato per la maggior parte della mattinata. «Sai a cosa sto pensando?»

«Non sono sicura di volerlo sapere» ammisi. Avrei dovuto essere a casa a riempire gli ultimi scatoloni prima del trasloco, non starmene lì in infradito a farmi guardare dall'alto in basso da quei due bizzarri felini. Non c'era nessunissimo motivo per cui quel piccolo sopralluogo non avrebbe potuto aspettare.

Mia madre mi prese la mano e me la strinse. Era evidente che non la pensavamo allo stesso modo.

«Stavo pensando» mi rivelò con un gridolino di gioia «che questo sembra proprio un lavoro per la 'Detective che parla con gli animali'!»

«Detective? Che parla con gli animali?» Scossi il capo e cercai con tutte le mie forze di non alzare gli occhi al cielo. Ovvio che mi avesse trovato un soprannome degno di un titolo in prima pagina. Probabilmente nella sua testa aveva già scritto e riscritto la storia più e più volte.

«È il tuo nuovo nome» disse dandomi un'altra strizzatina alla mano. «Ti piace?»

«Mi va bene Angie.» Non darle corda per nessun motivo! Volevo mantenere il segreto sul mio superpotere, non farlo finire in prima pagina.

«Non per te» disse lei con un sospiro. «Per la tua agenzia.»

«Non ho nessuna agenzia» puntualizzai. Non mi piaceva la piega che stava prendendo la conversazione.

«Ti sbagli anche su questo» canticchiò. «Il lavoro lo stai già facendo. Basterà mettere un'insegna e farti pagare.»

«Un'idea affascinante, ma non voglio che la gente sappia che riesco a parlare con gli animali» le ricordai. Avevo già lo stipendio dell'impiego part-time allo studio legale e l'assegno per occuparmi di Gattavius a tempo pieno e supervisionare il suo fondo fiduciario.

«Penseranno tutti che sia una trovata pubblicitaria» ribatté lei facendomi l'occhiolino. «Solo noi sapremo la verità. Inoltre, ti darebbe una scusa per portare con te il gatto durante le indagini, che è proprio ciò che ti serve, no? Di sicuro quei due sanno cos'è successo. Me lo sento.»

«Perché questa storia ti entusiasma tanto?» chiesi rassegnata al fatto che, a quanto pareva, stavo per aprire un'agenzia investigativa e, cosa ancora peggiore, il mio gatto sarebbe stato il mio nuovo socio in affari.

«È marketing, mia cara» rispose mia madre scuotendo elegantemente i capelli.

Accidenti! Era incorreggibile!

Feci due ampi passi indietro, stando attenta a non alterare la scena del crimine mentre mi allontanavo da quella pazzoide che avevo per madre. Voltandomi verso la porta dissi: «Ok, fantastico. Allora vado ad accertarmi che la polizia sappia della presenza dei gatti. Con la scalinata transennata non sarà facile tirarli giù.»

Mia madre mi seguì mentre tornavo all'esterno. Strizzai gli occhi per l'improvviso cambio di luminosità e scandagliai i presenti alla ricerca dell'unico agente che conoscevo abbastanza da osare rivolgermi a lui. Una volta che i miei occhi si furono riabituati alla luce, individuai l'agente Bouchard al confine della proprietà, intento a esaminare una macchia di sempreverdi al bordo del più ampio bosco deciduo che divideva la proprietà degli Harlow dalla mia.

Gli corsi incontro, ben sapendo che mia madre non avrebbe avuto problemi a starmi dietro se avesse voluto.

«Sa che ci sono dei gatti lì dentro?» gli chiesi, imbarazzata dal fiatone dopo la brevissima corsa.

«Devono essere Jacques e Jillianne» disse ridacchiando. «Bruttini, eh?»

«Sono... teneri. Mmm... a modo loro» dissi. Molto a modo loro. Anche se poco prima l'avevo pensato anch'io, all'improvviso mi sentivo protettiva nei loro confronti.

In quel momento mia madre ci raggiunse. Aveva attraversato il prato con passe elegante anziché scapicollarsi come avevo fatto io. Suppongo che facesse parte del suo personaggio. Le notizie non aspettano nessuno, mi diceva spesso, ma per una donna di classe potrebbero fare un'eccezione.

L'agente Bouchard le rivolse un sorriso gentile: «Sì. La senatrice li ha presi da un allevamento in Francia. Da qui i nomi strambi. Sono tipetti sfuggenti.

È tutta la mattina che provo ad acchiapparli, ma finora non c'è stato verso. Il parente più prossimo arriverà a breve, sarà un problema suo.»

«Il parente più prossimo?» Mia madre si fece spazio fra noi. Aveva già sfoderato il telefono, mettendoglielo davanti come se fosse un microfono, e avviato l'app di registrazione: «E chi sarebbe?»

L'agente Bouchard osservò il telefono, si schiarì la gola e rispose con voce chiara: «Suo figlio, Matthew Harlow. Vive a Chicago. Dovrebbe arrivare in serata.»

«E chi potrebbe aver ucciso Lou Harlow?» chiese mamma spingendo il telefono ancora più sotto al naso dell'agente.

Questi sospirò e allontanò da sé quella mano: «È troppo presto per dirlo. Non abbiamo ancora escluso la possibilità che si sia trattato di un tragico incidente.»

Fino a quel giorno avevo visto una sola scena del crimine, quella di Bill e Ruth Hayes, che erano stati uccisi in casa loro. Ci ero stata parecchio tempo dopo l'accaduto, ma ora provavo la stessa sensazione di allora.

Chiamiamolo istinto.

O presentimento.

O intuizione.

In ogni caso sapevo che la causa della morte di

Lou Harlow non era stata un incidente. Qualcuno la voleva morta e aveva deciso di prendere in mano la situazione.

Ora dovevamo solo scoprire di chi si trattasse.

La Detective che parla con gli animali era ufficialmente entrata in azione.

4

Come promesso, mamma venne ad aiutarmi a finire di inscatolare la mia roba e, anche se mi dispiaceva ammetterlo, avrei preferito che non l'avesse fatto. Tanto per cominciare, doveva dire la sua su tutto.

Non lo dico per esagerare. Letteralmente tutto.

Prendeva le mie cose una per una, si accigliava e se le rigirava fra le mani. Sembrava convinta che, se le avesse esaminate con cura da ogni angolazione, si sarebbero trasformate come per magia in qualcosa che potesse soddisfare le sue aspettative.

Da adolescente mi ero chiesta spesso se provasse la stessa sensazione anche nei miei confronti, ma con il tempo avevo imparato a conoscerla: era una brava persona e mi amava con tutto il cuore, solo che non era affatto tagliata per la maternità.

«Vuoi davvero tenere questa roba?» mi chiese per l'ennesima volta. «Posso comprartene uno nuovo. Più bello.»

Dopo un'ora che andavamo avanti così, in pratica mi aveva proposto di comprarmi l'intero contenuto dell'appartamento come regalo di inaugurazione della nuova casa. Sapevo che avevamo gusti ben diversi—lei era molto più sofisticata di quanto sarei mai stata io—ma avrei comunque voluto che ci desse un taglio.

L'altro problema era che volevo disperatamente raccontare a Gattavius della scena del crimine e di quei due bizzarri Sphynx. Certo, mia madre sapeva che riuscivo a parlarci, ma mi sentivo ancora a disagio a conversare con il mio gatto davanti a lei.

I nostri gusti non erano l'unica cosa in cui eravamo diverse: lei era una persona razionale a cui interessavano fatti concreti e spiegazioni comprovate. Mi aveva posto un milione di domande, alla maggior parte delle quali non sapevo rispondere. Per farla breve il punto era: com'è possibile che voi due riusciate a comunicare?

Non avevo ancora idea del perché si fosse stabilita questa connessione tra me e Gattavius o come funzionasse di preciso. Mi sarebbe piaciuto capirlo prima o poi, ma al momento ero troppo indaffarata con il trasloco per starmene seduta con lei a fare mille ipotesi sulla questione.

«Sai,» disse lei osservando i piatti e le stoviglie impilati nella credenza, «ora vivrai in una tenuta di lusso. La maggior parte della tua roba non è adatta a quel tipo di estetica. Potrebbe risultare sgradevole per chi viene a farti visita.»

«Va bene così, mamma» dissi spingendola da parte con un colpetto d'anca e riponendo io stessa i piatti che le recavano tanta offesa. «Non penso che inviterò molta gente e non sono una che si crede chissà chi. Lo sai.»

Si spostò e aprì un altro armadietto: «Forse possiamo trovare un compromesso» insistette. «La nonna ha uno splendido set di stoviglie. Potresti buttare queste e usare le sue. Oh! Queste potresti darle in beneficenza. Ti piacciono i negozi dell'usato, giusto?»

«Vedremo» dissi per chiudere la questione. Sì, mi piacevano i negozi dell'usato, ma per fare acquisti, non per portarci la mia roba.

Mamma si accigliò di nuovo stringendosi al petto uno dei miei piatti rossi. Mi piacevano quei piatti e mi piaceva la mia vita. Perché lei non poteva limitarsi ad accettare che non l'avremmo mai pensata allo stesso modo su certe questioni? Che problema c'era se la maggior parte delle mie stoviglie provenivano dal discount? Per mangiare andavano bene quanto quelle che lei aveva acquistato a cento volte tanto nelle sue adorate boutique di lusso.

«Oh, questa mi piace» disse curiosando nella credenza successiva da cui prese una tazza da tè di porcellana Lenox a fiori. La esaminò a occhi sgranati.

«Non voglio che metta a soqquadro le mie cose» disse Gattavius infastidito saltando sul bancone della cucina e facendo prendere a mamma un tale spavento che lei lasciò cadere la tanto ammirata tazza dritto sul pavimento.

Tutti e tre fissammo la tazza come in una scena al rallentatore, ma era troppo tardi. La delicata porcellana andò in frantumi e Gattavius emise un grido straziante: «Il mio recipiente per l'Evian!»

Mamma fece un passo indietro. «Mi dispiace moltissimo!» mi disse e si capiva che era la verità. Forse tutti quei commenti indesiderati non li faceva per cattiveria, ma soltanto perché a volte faticava a trovare altri argomenti di conversazione. Forse per questo era così eccitata di condividere con me l'indagine sulla morte di Lou Harlow.

«Ti comprerò un servizio nuovo, promesso» disse,

ricacciando indietro le lacrime. D'un tratto mi sentivo la figlia peggiore del mondo. Perché mi risultava così difficile trascorrere più di pochi minuti in compagnia di mia madre? Dovevo impegnarmi di più!

Ovviamente non ebbi il coraggio di dirle che quel servizio era insostituibile. Era appartenuto all'ex proprietaria di Gattavius, la buon'anima di Ethel Fulton, ed era una delle poche cose che gli restavano di lei. Certo, a breve ci saremmo trasferiti nella sua villa, per lo più ancora arredata, ma tant'è. Quel servizio da tè era speciale per Gattavius: era l'unico in cui accettava di farsi servire il cibo e l'acqua e, ora che mancava una tazza, avrei dovuto lavarle ancora più di frequente per ovviare al problema.

«Ascolta,» dissi in tono il più gentile possibile «credo di potermela cavare da sola ora. Perché non vai e cerchi di scoprire tutto il possibile sull'omicidio di Lou Harlow?»

Si torse le mani in preda all'agitazione: «Sei sicura?» Nonostante il tono esitante, capii che era impaziente di andare quanto lo ero io che se ne andasse.

Mi sentivo in colpa? Eccome! Probabilmente non avrei mai smesso di sentirmi in colpa per il complicato rapporto con lei e papà.

Ciò nonostante, io e mamma eravamo sempre

andavate più d'accordo frequentandoci a piccole dosi. Ero contenta che ci fossimo avvicinate nelle ultime settimane, ma ci serviva più tempo per consolidare il nostro nuovo rapporto e quello non era il giorno più adatto per iniziare, per quanto quel pensiero mi sembrasse ingiusto.

Non era la priorità, con tutte le cose che avevo ancora da fare.

Facendo attenzione a evitare la tazza in frantumi, mi avvicinai a mia madre e la abbracciai forte: «Sicurissima. So che stai morendo dalla voglia di tornare a occuparti del caso. Io me la caverò.»

Lei sospirò felice: «Mmm, mi conosci così bene!» disse prima di recuperare rapidamente la sua roba e precipitarsi alla porta. «Ti scrivo se ci sono novità. Ciao!»

E in un attimo se n'era andata di nuovo.

Gattavius riprese a miagolare disperatamente. Anche se potevamo comunicare a parole, a volte tornava al classico modo di esprimersi felino, di solito quando era in preda a emozioni forti, come ora.

«Mi dispiace» gli dissi accarezzandolo con cautela sulla testa. Speravo di consolarlo senza che quel gesto gentile mi costasse un morso, ma con lui non si poteva mai sapere.

«È come se Ethel fosse morta un'altra volta» mi disse. Piegò le orecchie all'indietro e le appiattì contro la testa; la coda frustava l'aria come un metronomo. Le pupille erano così ampie e nere che ero certa che si sarebbe messo a piangere, un comportamento tipico da parte sua.

«Mi dispiace davvero moltissimo» ripetei, incerta su cos'altro potessi fare.

Lui continuava a fissare i minuscoli frammenti di porcellana sparsi qua e là sul pavimento della cucina. Bianchi, rosa e bordati d'oro, ormai niente di più che ricordi andati in pezzi della sua vecchia vita. Grandioso, ora ero anch'io sul punto di piangere.

«Vado a prendere la scopa» mormorai. Non volevo che vedesse quanto ero turbata.

Ma ancora prima che facessi un passo lui si piazzò di fronte a me gridando: «No!»

Il mio cuore accelerò, iniziando a battere all'impazzata mentre mi chiedevo quale altra follia mi stesse aspettando: «Ehi, e ora che c'è?»

«Non sono ancora pronto» mi informò. «Prima ho bisogno di un po' di tempo con lei.»

«Con la tazza rotta?» chiesi con dolcezza. Era diventato bravo a rilevare il sarcasmo, sia nel tono di voce che nell'espressione del volto, e mi trattava con durezza quando accadeva. Ovviamente lui era autorizzato a dirmi tutto quello che gli pareva, ma io dovevo sempre mostrargli il massimo rispetto.

Anche in situazioni come questa.

Gattavius annusò l'aria e sollevò il nasino, come faceva sempre quando voleva mostrarsi superiore. «Sì» si limitò a rispondere.

«Purtroppo non abbiamo tempo.» Mantenni un'espressione composta e comprensiva. «La ditta di traslochi sarà qui fra circa un'ora e non possiamo continuare ad andare in giro per la stanza senza dare una ripulita. È pericoloso. Uno di noi potrebbe ferirsi un piede o una zampa.»

Emise un miagolio addolorato, poi si voltò dall'altra parte: «Fa quello che devi fare.»

Andai a prendere scopa e paletta sentendomi la peggior proprietaria di gatti del mondo. Peggior figlia e peggior proprietaria nel giro di dieci minuti. Il mio indice di gradimento non sarebbe risalito tanto presto.

Quando tornai, Gattavius era ancora immobile nella stessa posa melodrammatica. Solitamente le sue sceneggiate mi infastidivano, ma in quel momento mi dispiaceva davvero per lui perché ne comprendevo il senso di perdita.

«Ti sarebbe d'aiuto se ci prendessimo il tempo di dire qualche parola?» suggerii.

Il tigrato incupito volse leggermente la testa guardandomi di sottecchi: «Tipo un funerale?»

«Sì» dissi scrollando le spalle. «Qualcosa del genere.»

Finalmente si voltò verso di me. Aveva già un aspetto migliore, come se i pezzi del suo cuore avessero iniziato a riunirsi. «Dove la seppelliremo?» chiese.

«Oh. Mmm.» Non avevo tempo per una cosa simile, ma sembrava aver bisogno di sentirmi vicina, così provai a suggerire qualcosa che potesse andare bene per entrambi: «Potremmo seppellirla stasera a casa di Ethel.» In quel modo avrei avuto tempo di finire di impacchettare la mia roba e forse quella soluzione l'avrebbe anche fatto sentire meglio.

«Ottima idea, Angela!» disse Gattavius con uno dei suoi rari sorrisi.

Mi beai di quell'elogio raro e sincero. Era una primadonna, certo, ma era una bella sensazione renderlo felice, in particolare considerando che il più delle volte era scontento per ogni minima inezia.

«Stasera!» gridò gioiosamente. «Così avrò anche tempo di preparare un discorso.» E corse via, lasciandomi a rassettare il disastro e preparare la tazza per la sepoltura.

Accidenti! Anche se ero lieta che si sentisse

meglio, avevo intenzione di parlargli dell'omicidio di Lou Harlow e di quei due strani gatti.

Beh, la questione avrebbe dovuto aspettare.

Perché quel giorno più mi impegnavo, più la lista delle cose da fare si allungava?

5

L a tristezza di Gattavius sparì nell'istante stesso in cui svoltammo nel lungo viale ventoso che conduceva a Fulton Manor.

«Casaaaaa!» ululò trovando perfino il coraggio di staccare gli artigli dalle mie cosce per tirarsi su a guardare fuori dal finestrino. «È davvero bello essere a casa!»

Quando parcheggiai e aprii la portiera lui saltò subito giù: «Casaaaaaa!» continuò a strillare rotolandosi nell'erba come un cucciolo.

Stavo per chiedergli di darci un taglio, ma lui schizzò su per i gradini del portico e si infilò come un fulmine nella gattaiola, il cui sportello scorrevole si aprì in risposta al segnale emesso dal suo collare. Non avevo mai pensato di comprargliene uno nuovo, né lui mi aveva mai chiesto di farlo. Probabilmente aveva sempre saputo che, prima o poi, saremmo venuti a vivere qui. Dopotutto l'idea era stata sua.

A quanto pareva per ora Gattavius aveva trovato il modo di tenersi occupato. Nel frattempo, i traslocatori stavano finendo di prendere le ultime cose dal mio appartamento e ciò mi dava modo di prendermi un po' di tempo tutto per me nella mia nuova tenuta.

Una tenuta! Di mia proprietà!

Assurdo.

Ma anche fighissimo, lo ammetto.

I mei occhi percorsero i tre piani fino alla torretta che si innalzava oltre il lato opposto del tetto. Avevo già deciso che la mia camera da letto sarebbe stata la stanza lì in cima, proprio come se fossi una stramba principessa moderna.

La nonna aveva reclamato per sé la camera da letto padronale, quella utilizzata da Ethel Fulton. Era proprio lì che l'anziana signora era morta e io già mi sentivo a disagio a vivere nella sua casa, figurarsi a occupare la sua ex camera da letto!

Nonna aveva liquidato la questione con una risata, dicendo: «Oh, cara. La morte fa parte della vita.» Supponevo che alla sua età la cosa non la turbasse quanto accadeva a me, ma francamente speravo di non arrivare mai al punto di sentirmi a mio agio a dormire nel posto in cui solo pochi mesi prima era stato ritrovato un cadavere.

Già era inquietante trasferirsi in una casa in cui era stato commesso un omicidio. E infatti faticavo ancora ad accettare la cosa. Al momento ero abbastanza certa che la prima bolletta dell'elettricità sarebbe ammontata a varie migliaia di dollari considerando che intendevo dormire con tutte, ma proprio tutte, le luci accese finché non mi fossi sentita al sicuro nella mia nuova dimora.

Se fosse stato per me, non avrei mai scelto una tenuta così grande ed elegante, ma Gattavius era stato irremovibile. Perfino il signor Fulton, il mio ex capo, sembrava ben felice di liberarsi in fretta della proprietà, nonostante ciò costituisse una perdita finanziaria non da poco per lui e gli altri eredi.

Vedendo Gattavius entrare e uscire dalla gattaiola emettendo versetti di gioia, dovetti ammettere che quel posto era davvero adatto a lui. Che importava che fosse un comune gatto domestico? L'apparenza inganna e il suo animo era decisamente quello di un nobile.

Lo lasciai a godersi il momento e tirai giù dal furgoncino una delle scatole più leggere. Dentro la casa un velo di polvere ricopriva ogni superficie. Avrei dovuto occuparmi delle pulizie prima di traslocare, ma non avevo i soldi per assumere qualcuno. D'altra parte era successo tutto così in fretta che avevo avuto a malapena il tempo di imballare la mia roba, figuriamoci pensare ad altro.

Ci sarei arrivata. Prima o poi.

Era solo un'altra cosa da aggiungere in fondo all'infinito elenco delle cose da fare. Beh, magari verso la metà.

Il mio obiettivo era rendere la casa vivibile prima che la nonna ci raggiungesse alla fine del mese. A lei serviva più tempo per sistemare le sue cose: doveva impacchettare i beni di un'intera vita a Blueberry Bay, per non parlare dei cimeli dei suoi tempi di gloria a Broadway.

Lo capivo, perciò non le avevo detto quanto mi facesse paura l'idea di dormire da sola in quell'immensa dimora. E poi avevo Gattavius che forse mi avrebbe protetta in caso di pericolo. O forse no. Ma un cinquanta percento di possibilità era meglio di niente, in caso di necessità.

Un'altra cosa inquietante?

Fulton Manor e la casa accanto, Harlow Manor, erano state progettate in modo praticamente identico pur essendo state costruite entrambe ben prima dell'epoca delle abitazioni prodotte in serie. Mi venne da pensare che a qualcuno la prima fosse piaciuta talmente tanto da fargli decidere di costruirne un'altra identica.

Senza sapere perché, mi trovai a dirigermi ancora e ancora verso l'imponente scalinata: era talmente simile a quella della casa accanto da farmi rabbrividire ogni volta. Ero come una falena impazzita attratta proprio nel bel mezzo delle fiamme. *Burn, baby, burn.*

«Cosa c'è che non va?» mi chiese Gattavius, rivolgendomi uno sguardo stanco dopo essere passato per la decimilionesima volta dalla gattaiola.

Mi strinsi nelle spalle: «Sono solo un po' stranita dall'omicidio nella casa accanto.»

Si immobilizzò all'istante, fissandomi senza nemmeno appoggiare a terra la zampa anteriore sinistra: «Aspetta, che cosa hai detto? Qualcuno ha ucciso quell'adorabile anziana signora? Quando?»

Oh, giusto. Non avevamo ancora avuto modo di parlarne a causa della triste fine della tazza da tè. «Stamattina» dissi osservandolo attentamente per valutare la sua reazione. «O più probabilmente la scorsa notte, in effetti.»

Gattavius sussultò e sbatté la zampa ancora sollevata sul parquet: «E non me l'hai detto?»

«C'è stata la questione della tazza da tè e... mi dispiace» mi scusai, sapendo bene che era il modo più sicuro di evitare una discussione. Gattavius amava litigare e detestava perdere, il che significava che finiva sempre con l'averla vinta lui.

Scosse il capo sgomento e mi fissò a lungo facendomi sentire a disagio, prima di salire rapidamente alcuni scalini e piazzarsi in posizione rialzata: «Avanti, ora dimmi» mi intimò in tono perentorio. «Devo sapere esattamente cos'è successo.»

Sotto il suo sguardo indagatore mi sentivo tesa come sotto i riflettori, ma feci come mi era stato detto. Anche se in teoria io ero la proprietaria e lui l'animale domestico, avevo la sensazione di essere io quella che veniva addestrata ed educata. «La senatrice è stata uccisa. Qualcuno l'ha spinta giù dalle scale» spiegai.

«Dalle scale!» esclamò Gattavius sollevando prima una zampa e poi l'altra e fissando il gradino sotto di sé.

Annuii scioccamente: non riuscivo a trovare nulla da dire.

«Jacques e Jillianne» soffiò a denti stretti. «Li spellerò vivi quei buoni a nulla! Corse giù per le scale e stava per sfrecciare di nuovo fuori dalla gattaiola, ma lo fermai.

«Aspetta!» gridai. «Conosci Jacques e Jillianne?» Mi sentivo una sciocca ogni volta che pronunciavo quei bizzarri nomi francesi. Perché mai dare dei nomi così strani a dei gatti? Gli ottocento nomi di Gattavius erano già un problema sufficiente, ma almeno erano tutti nomi inglesi. Un momento. Lo erano davvero? Francamente faticavo a ricordarli, motivo per cui gli avevo affibbiato quel nomignolo, più carino e molto, molto più corto.

Lui sospirò senza girarsi verso di me, le piccole spalle feline gravate dal peso della palese delusione nei miei confronti: «Ovviamente li conosco. Eravamo vicini di casa e, nel caso tu non te ne sia accorta, lo siamo di nuovo.»

«Siete amici?» chiesi impaziente, girandogli intorno in modo da trovarci faccia a muso.

Sembrava sul punto di starnutire, ma non lo fece. Invece disse: «Con quei due stramboidi? Non se ne parla nemmeno!»

«Ok, hanno un aspetto particolare ma questa non è una buona ragione per...»

«Non è per il loro aspetto, Angela. È per il modo in cui parlano.» Ringhiò proprio come aveva fatto lo Sphynx più grande quella mattina.

Non capivo a che gioco stessimo giocando, ma detestavo essere esclusa. Scossi il capo e gli lanciai un'occhiataccia: «Ti stai comportando da razzista, o meglio, da specista. Che caduta di stile!»

Lui si limitò a sogghignare: «Oh, capirai presto cosa voglio dire. Dai loro un po' di tempo. Non ci vorrà molto.»

Risalì alcuni scalini e si voltò verso di me; non riuscii a interpretare lo scintillio nei suoi occhi. «In ogni caso,» disse come se un pensiero l'avesse colpito all'improvviso, «morte per caduta dalle scale? Già, classica mossa da gatto.»

«Che cosa intendi...» iniziai a dire. Ma lui mi interruppe con la risata malvagia che sfoderava quando voleva risultare particolarmente drammatico. Pareva proprio che fosse uno di quei momenti.

«Voglio dire» dichiarò ansimando freneticamente «che sono stati Jacques e Jillianne a uccidere la senatrice. I gatti sono i colpevoli. Caso chiuso.» Se ne andò imbronciato, ridacchiando ancora fra sé e sé.

Feci due ampi passi indietro, sentendomi come se avessi appena guardato nel vuoto e visto la mia morte svolgersi davanti ai miei occhi. Qualunque cosa fosse accaduta in seguito, mi sarei guardate bene le spalle ogni volta che fossi salita o scesa dall'imponente scalinata che fino a poco prima consideravo il fiore all'occhiello della mia nuova casa.

La risata di Gattavius riecheggiò nell'ingresso. Cosa ci trovava di così divertente? Perché continuava a ridere?

A quanto pareva lui e mia madre erano entrambi morbosamente affascinati dalla morte della senatrice. Peccato che ne parlassero con me anziché discuterne tra loro.

È solo il suo modo di fare, ricordai a me stessa. Gli piace essere al centro dell'attenzione. Non ti farebbe mai del male.

Ma poi ripensai a tutte quelle anziane, dolci gattare trovate morte e divorate dai loro amati animaletti domestici e rabbrividii...

Beh, se non altro Gattavius mangiava solo Sheeba!

6

Anche se avrei avuto bisogno di andare a prendere alcune cose di sopra, decisi di restare al pianoterra mentre i traslocatori portavano in casa tutta la roba più pesante. Mi serviva un po' di tempo per venire a patti con la rivelazione di Gattavius sugli omicidi perpetrati dai felini e sul loro metodo di esecuzione preferito.

Non avevo mai nemmeno sospettato l'esistenza di una simile atrocità. Povera ingenua che non sono altro.

A dire la verità non mi ero portata dietro molta roba dalla vecchia casa, così avevo fatto piuttosto in fretta a disimballare le cose più urgenti. E poiché ancora mi veniva la nausea ogni volta che passavo accanto alla scalinata, decisi di prendere una boccata d'aria facendo un giretto intorno alla tenuta.

Splendide aiuole perfettamente curate circondavano la casa su tre lati, mentre il retro si apriva su un grazioso portico a due piani con tanto di caminetto e doppio dondolo. Poco più in là, un fitto bosco circondava la proprietà, offrendo tutta la privacy che si poteva desiderare e anche di più.

Ok, probabilmente d'ora in poi avrei dovuto trascorrere almeno metà del tempo a occuparmi della manutenzione del giardino, ma ne sarebbe valsa la pena.

Un rumore in lontananza e un bagliore rosso fra gli alberi attirarono la mia attenzione: mi inoltrai nell'erba per capire di cosa si trattasse. A quanto pareva mi bastava piegare un po' la testa per avere un'ottima visuale sul giardino della povera senatrice. Riconobbi all'istante l'auto sportiva rossa appena entrata nel vialetto. In fondo, c'erano solo due macchine sportive di lusso rosse a Glendale: una apparteneva a mia nonna, l'altra al signor Thompson.

Rimasi a osservare con stupore misto a una certa inquietudine Richard Thompson, il mio capo e socio senior dello studio legale, scendere dall'auto e salire i gradini che portavano all'ingresso. Stranamente non aveva con sé la ventiquattrore che teneva sempre con sé, tanto che sembrava una bizzarra appendice del suo fianco sinistro. Sembrava nervoso mentre si allentava la cravatta e si guardava intorno per vedere se ci fosse qualcuno. I poliziotti ormai se n'erano andati, forse si erano riuniti da qualche altra parte. E, grazie al cielo, Thompson non sapeva che avrebbe potuto trovarmi poco più in là oltre gli alberi.

Rimasi immobile e vidi l'agente Bouchard uscire dalla villa per andare a salutare Thompson. Il suo distintivo rifletteva la luce del sole come una moneta nuova di zecca. Dal fianco della tenuta ero abbastanza vicina da cogliere frammenti della conversazione. Udii Bouchard salutare il nuovo arrivato: «Signor Thompson, come posso esserle utile?»

Allungai il collo nel tentativo di vedere l'espressione del signor Thompson, ma un ramo basso mi ostruiva la visuale.

«Ho sentito la notizia» disse lui, la voce profonda riecheggiante fra gli alberi. «Così ho pensato di passare per rendere omaggio alla senatrice.»

L'agente Bouchard scese gli scalini e fece cenno all'altro di seguirlo: «Di certo non c'è bisogno che ti dica che questo non è né il momento né il luogo appropriato.»

«Lo so» concordò il mio capo. Sembrava non

sapere cosa fare delle proprie mani. «Solo... è stato tutto così inaspettato.»

Il poliziotto sospirò passandosi una mano fra i capelli. «Già, siamo tutti sconvolti. Ma questo non cambia le regole.»

Si scambiarono qualche altra frase che non riuscii a sentire, poi il signor Thompson risalì in auto e se ne andò.

«Che cos'è successo di là?» chiese Gattavius scegliendo proprio quel momento per strusciarsi contro la mia gamba facendomi venire un colpo.

«Non ne ho idea» gli dissi sinceramente, ancora diffidente per il fatto che io e lo studio legale fossimo in qualche modo coinvolti in tutti gli omicidi che si verificavano in città, a partire da quello di Ethel Fulton all'inizio dell'anno.

«Spero che il prossimo inquilino non abbia animali domestici» mi informò il tigrato con uno sbadiglio annoiato, mentre entrambi scrutavamo ancora con aria assente fra gli alberi.

Quell'affermazione mi sorprese abbastanza da arrischiarmi a lanciargli un'occhiata. Nel frattempo a Harlow Manor tutto era tornato alla tranquillità; anche l'agente Bouchard era scomparso alla vista.

«Non ti piacciono gli altri gatti?» chiesi.

«Nel mio territorio?» sbuffò sarcastico. «Preferirei

non doverlo condividere con nessuno, se ho la possibilità di scegliere. Questo posto è mio! Ho i miei alberi su cui arrampicarmi, e hai visto fra i rami? Quelli sono i miei volatili da divorare... o da lasciarti ai piedi del letto quando ti comporti da brava umana!»

Rabbrividii al ricordo del suo ultimo regalino: «Allora vedrò di non comportarmi mai più da brava umana!»

Mordicchiò i fili d'erba davanti alle sue zampe, ne ingoiò qualche boccone e ridacchiò fra sé: «Tanto per fartelo sapere, presto troverai vomito verde.»

«Mmm, ok» dissi con un'alzata di spalle.

Francamente con lui spesso le punizioni non erano poi molto peggiori delle ricompense, e questa, in particolare, mi sembrava piuttosto innocua.

«Ti scombinerà l'intera giornata!» mi spiegò con un sorrisetto. Poi emise una risata sinistra, confermandomi che era tornato in modalità 'genio del male'. L'unico problema era che le nostre definizioni di genio erano estremamente diverse.

Quando smise di ridere trasse un respiro profondo e si voltò a guardarmi: «Non capisci, vero?» disse con un gemito di frustrazione e un sibilo.

Scossi il capo e in quel momento l'agente Bouchard ricomparve nel mio campo visivo davanti a

Harlow Manor. Perché si trovava ancora lì? Che cosa stava facendo?

«Dovrai pulire vomito verde!» mi spiegò Gattavius fra risate che sembravano sempre meno convinte. «Di solito inizi la giornata pulendo vomito marrone. Vedi? Ti scombussolerà fin dalla mattina presto! Non riuscirai a reggere!»

«Oh accidenti, mi hai in pugno» dissi con un sospiro rassegnato. Sarebbe stato meglio per entrambi se avesse pensato di aver trovato un nuovo modo per infastidirmi. Traeva un tale piacere dal provare tecniche di addestramento sempre nuove, che non avrei avuto il coraggio di spiegargli che non aveva proprio capito cosa funzionasse e cosa no per rimproverare un umano.

«Sei soddisfatto adesso?» gli chiesi voltandomi a osservarlo con un sorriso scettico.

«Per ora» rispose. «Ma aspetta di vedere cosa accadrà domani mattina!»

«Ok, perfetto.» Lanciai un'occhiata alla sagoma immobile dell'agente Bouchard; la mia curiosità continuava a crescere. Chi avrebbe voluto uccidere una senatrice al quarto mandato così amata dai suoi elettori? Perché la polizia riteneva necessario sorvegliare la scena del crimine? E i suoi strani gatti senza pelo avevano qualcosa a che fare con l'accaduto o no?

«Ehi, hai da fare adesso?» chiesi a Gattavius quando mi resi conto che avrebbe potuto intrufolarsi fra gli alberi per dare un'occhiata più da vicino.

Lui sollevò il naso e rispose: «Sì!» poi fece un giro in cerchio con la coda ben sollevata in aria omaggiandomi di una visuale indesiderata sul suo sederino gattoso.

«Grazie tante!» gli gridai dietro.

Lanciai un ultimo sguardo fra gli alberi e decisi di lasciar perdere. Per il momento. Forse la polizia aveva già identificato il colpevole ed era per questo che sorvegliavano la casa. Anche se ora avevo un titolo ufficiale, grazie alla sessione di marketing improvvisata di mia madre di quella mattina, ero ancora una novellina inesperta in materia.

Gli esperti erano i poliziotti e io dovevo avere fiducia nel fatto che avrebbero svolto bene il loro lavoro. Ma anche mentre formulavo quel pensiero, sapevo che sarebbe stata solo questione di tempo: presto o tardi mi sarei ritrovata a sgusciare fra quegli alberi per indagare sull'omicidio di persona.

7

Quando gli addetti al trasloco se ne andarono stava ormai calando la sera. Non soltanto mi avevano aiutata a portare nella nuova casa i miei scarsi averi, ma si erano anche fermati ad aiutarmi a riorganizzare l'arredamento già presente nella tenuta e avevano caricato sul furgone qualche mobile che non volevo tenere per poi fare una sosta veloce al negozio dell'usato.

Beh, probabilmente non sarebbe stata poi tanto veloce, considerando che avevano finito per portarsi via più roba di quella arrivata con il trasloco. Ma di certo non mi sarei tenuta il letto in cui Ethel era morta, o qualsiasi altra cosa che si trovasse nella sua stanza, se è per questo. Non mi importava affatto che la nonna non avesse problemi a utilizzare i mobili dell'ex proprietaria della casa: mi davano i brividi e mi rifiutavo di tenerli in casa mia. Era già abbastanza orribile che Gattavius non ne avesse voluto sapere di separarsi dall'elegante set da pranzo in cui era stata servita la cena avvelenata. Non avevo la minima intenzione di coronare il tutto con mia nonna che dormiva nel letto di un'anziana signora defunta.

«Sono lieto che se ne siano andati» dichiarò Gattavius mentre, con le zampe anteriori appoggiate al davanzale, osservava il camion dei traslochi allontanarsi. «Puzzavano di umano sudato. Puah!»

Alzai gli occhi al cielo, ma per fortuna era troppo distratto per farci caso. «Forse perché hanno passato il pomeriggio a spostare roba pensante per aiutarci?»

«È ugualmente disgustoso. Ho un sistema olfattivo molto delicato, io» disse contorcendo il naso a sottolinearlo. Beh, su questo non potevo dargli torto.

«Tu sei a posto?» gli chiesi sperando che mi desse tregua, ma aspettandomi che mi facesse spostare la sua roba di qua e di là per tutta la sera finché non avesse trovato la sistemazione più adatta.

«Sì» rispose con un tono così noncurante che mi sorprese. Trasferirci qui avrebbe significato vivere con un gatto diverso, meno esigente? Non potevo fare altro che sperare.

«Sarò pronto per la cerimonia funebre quando lo sarai anche tu» disse appoggiando il posteriore sul liso tappeto orientale e fissandomi con occhi grandi e inquisitori.

Giusto, la tazza da tè! «Ok, vado a prendere la scatola» dissi cercando di ricordare se l'avessi lasciata in macchina o riposta da qualche parte in cucina.

Con una mossa fulminea Gattavius mi sbarrò la strada: «Ho detto quando sarai pronta.»

«Sono pronta. Possiamo farlo subito.» Oh, era così dolce che prendesse in considerazione le mie necessità una volta tanto! Forse la perdita della tazza da tè lo aveva portato a dare più valore agli amici che gli restavano. Forse avevamo raggiunto un punto di svolta nel nostro rapporto.

Scosse il capo e assunse un tono condiscendente: «No, Angela. Non sei pronta. Non avevo intenzione di dirti niente perché davo per scontato che lo sapessi già, ma...» Fece una pausa e un respiro profondo, con aria drammatica. «Anche tu puzzi di umano sudato!»

...O forse non era cambiato proprio niente.

Mi posai le mani sui fianchi e lo fissai: «E allora? Preferisci che prima mi faccia una doccia?»

«Non è che lo preferisco» mi corresse esaminandosi una zampa con noncuranza. «Lo esigo.»

Volevo solo farla finita una volta per tutte con

quella ridicola storia del funerale per la tazza da tè, ma girai sui tacchi e mi diressi in bagno. Caspita, mi aveva addestrata davvero bene!

Per quanto fosse irritante che il mio gatto mi ordinasse cosa fare, l'acqua calda diede sollievo ai muscoli indolenziti e mi sentivo davvero meglio quando, poco dopo, mi infilai i miei jeans preferiti e raggiunsi Gattavius al piano terra.

«Sono pronta!» trillai, decisa a recuperare i resti della tazza.

La sagoma pelosa del tigrato comparve in cima alle scale facendomi prendere un sonoro spavento. «No» si limitò a dire. «Così non va.»

«Cosa c'è che non va adesso?» chiesi tamburellando con un piede per l'impazienza. Era un gesto che comprendeva bene, perché spesso faceva lo stesso sbattendo la coda.

«Per gli umani non è forse consuetudine vestirsi di nero per partecipare a un funerale?» Girò la testa di lato come se lo affliggesse dovermi spiegare una cosa così semplice. In fin dei conti, si supponeva che l'esperta di usanze umane fossi io.

«Sì, ma...»

Sollevò una zampa per zittirmi: «Proprio come pensavo. Su, su, allora, datti una mossa!»

Sospirando andai a cercare il vestito nero che

avevo indossato per la commemorazione di Ethel mesi prima. A quel punto ero così irritata che Gattavius doveva ritenersi fortunato che quello non stesse per diventare il suo funerale.

È in lutto. Soffre, continuavo a ripetermi. Ma la verità era che mi avrebbe trattata a quel modo anche se avesse appena trascorso la giornata più bella della sua vita. La maggior parte delle persone percepisce in parte l'altezzosità dei gatti e il fatto che ritengano che tutto sia dovuto loro; ma non sanno quanto questi aspetti della personalità felina siano radicati, perché non hanno la possibilità conversare con i loro beneamati signori supremi come invece faccio io. Ciò nonostante, Gattavius mi perdonava per la maggior parte dei miei difetti, quindi io facevo del mio meglio per tollerare quegli atteggiamenti.

Quando infine mi presentai con il lungo vestito nero e i capelli raccolti sulla nuca, Gattavius mi rivolse fusa di approvazione: «Finalmente! Ora andiamo.» Trotterellò fuori attraverso la gattaiola e attese sul portico che lo raggiungessi. Una volta uscita, recuperai la piccola bara improvvisata - una scatola da scarpe di un paio di sandali acquistati al discount, dal vano portaoggetti dell'auto - e lo seguii mentre percorreva un lato della villa.

Si fermò all'estremità di un muretto dai cui lati

spuntavano splendide azalee rosa: «Ho scelto questo posto» mi informò «perché le azalee mi ricordano i fiorellini che decoravano la povera tazza da tè defunta.»

Strizzai gli occhi per osservare meglio i fiori e i resti della preziosa tazza di ceramica fra le mie mani e mi accorsi che aveva perfettamente ragione. Mi inteneriva il fatto che ci avesse pensato tanto. Mi chiesi se sarebbe stato altrettanto attento nell'organizzare il mio addio, nel caso in cui fosse vissuto più a lungo di me. Un pensiero morboso, me ne rendevo conto, ma giustificato, considerando il recente numero di omicidi in città.

«Vuoi che vada a prendere una pala?» gli chiesi vedendo che non aveva la minima intenzione di scavare con le zampe nel terreno soffice.

«Sarebbe davvero opportuno, Angela.» Chinò il capo con reverenza. Stava forse pregando? E se era così, quale divinità pregano i gatti? Credeva nel mio stesso Dio? E come poteva un oggetto inanimato giungere nell'aldilà? Tutte quelle domande mi affollavano la mente; fino a quel momento avevo semplicemente dato per scontato che il mio gatto venerasse se stesso e si aspettasse che anch'io aderissi a quel credo religioso.

Lo lasciai a... beh, qualsiasi cosa stesse facendo.

Ci sarebbe stato tutto il tempo per le domande in seguito. Ora dovevo rispettare quello strano rituale che non comprendevo, ma che sembrava di importanza vitale per lui.

Per fortuna non mi ci volle molto a trovare una piccola pala nel capanno da giardino di Ethel. Mentre tornavo di buon passo al luogo della sepoltura, mi chiesi se si fosse occupata in prima persona della progettazione del giardino o se avesse assunto qualcuno per farlo. Mi chiesi anche quanto tempo mi ci sarebbe voluto per imparare a prendermi cura delle numerose specie di piante che vi crescevano. Speravo di imparare in fretta, così da non ucciderne troppe con la mia inettitudine. Non avevo nessuna intenzione di celebrare altri funerali per oggetti inanimati! Ok, tecnicamente le piante sono esseri viventi, ma non mi sembrava comunque il caso di commemorarle con una cerimonia funebre. Ovviamente la tazza da tè era un'eccezione e mi auguravo che questo fatto fosse ben chiaro anche al mio gatto.

Tornata da lui, mi inginocchiai e iniziai a scavare nel punto che mi aveva indicato. Nel frattempo lui iniziò un lungo elogio della sua amica tazza e dei bei momenti trascorsi insieme.

«Mi serviva l'acqua ogni volta che avevo sete» gemette. «Non ha mai permesso che la mia Evian venisse contaminata da un'orribile mosca.» Gli tremò la voce: «Nossignore! Teneva l'acqua dentro e le mosche fuori, proprio come dovrebbe fare una tazza da tè come si deve. Mi mancherai, mia amata tazza! La colazione non sarà più la stessa senza di te. E neanche la cena!»

Dovetti sforzarmi moltissimo per mantenere un'espressione seria e, grazie al cielo, ci riuscii perché, una volta finito di parlare, il felino si voltò verso di me e disse, in totale serietà: «Ora tocca a te dire qualcosa.»

Accidenti! Perché non ci avevo pensato? Avrei dovuto aspettarmelo e farmi trovare preparata. Ancora perplessa, dissi la prima cosa che mi venne in mente sperando che gli andasse bene: «Era una brava tazza. Graziosa. Si abbinava bene alle altre del set.»

«Proprio così!» gemette Gattavius. Quando tacque, udii l'inconfondibile rumore di uno schianto dall'altra parte del boschetto.

«Cos'è stato?» bisbigliai al tigrato.

Lui rimase in silenzio a fissare la fossa che avevo scavato per la tazza e la sua bara.

«Hai sentito quel rumore?» gli chiesi, questa volta in tono febbrile. E se l'assassino fosse tornato? Se fosse venuto a cercarci e mi avesse trovata seduta lì all'aperto, immobile, senza che nemmeno lo vedessi?

Avevo le mani sudate. Per fortuna non avevo più in mano la tazza perché mi sarebbe caduta andando incontro a una seconda morte.

Gattavius mantenne lo sguardo rivolto a terra, l'espressione seria e rispettosa, del tutto incurante dei miei timori. «Credo che abbiamo finito qui» disse tristemente. «Angela, puoi occuparti di ricoprire la bara ora?»

Annuii e ricoprii con attenzione di terra la scatola da scarpe mentre Gattavius intonava una mesta melodia funebre costituita solo da miagolii, senza parole. L'avrei anche trovata bella se non avessi temuto che potesse condurre l'assassino dritto a noi. Per fortuna il tigrato teneva gli occhi chiusi mentre cantava, così potevo guardare alle mie spalle e tenere d'occhio il bosco.

Gli ci vollero cinque minuti per terminare la canzone. Quando quel bizzarro rito funebre giunse al termine, parve finalmente soddisfatto, chinò il capo un'ultima volta e disse: «Bene, è ora di andare a giocare agli investigatori!», poi iniziò a correre gettandosi a capofitto nel bosco.

8

Riuscivo a stento a stare dietro a Gattavius mentre si faceva strada nel fitto bosco. I rami mi colpivano il petto man mano che mi addentravo sempre più fra la vegetazione. Il bosco che collegava le due tenute si estendeva per non più di una quindicina di metri, ma senza un sentiero da seguire mi sembrava ben più fitto e buio di quanto apparisse alla luce del pomeriggio.

Pur camminando con cautela, inciampai su una radice nodosa, finendo per cadere dritto con la faccia a terra. Naturalmente, per via del funerale della tazza da tè, indossavo scarpe eleganti aperte sulle dita, cosa che rese la botta particolarmente dolorosa.

Con un gemito mi girai sul fianco, afferrando con la mano le dita del piede e cercando di individuare

Gattavius nell'oscurità. Probabilmente era già arrivato a Harlow Manor, il che significava che mi trovano da sola nel bosco buio, spaventata e per di più con un piede dolorante, che mi avrebbe reso ben difficile scappare in caso di necessità.

Un sinistro scricchiolio risuonò a pochi metri di distanza mentre qualcosa avanzava lentamente verso di me sul letto di foglie secche che ricoprivano il suolo come uno spesso tappeto.

Ti prego, fa' che non sia un lupo. Fa' che non sia un lupo! pregai mentalmente. I lupi avrebbero avuto il coraggio di spingersi tanto vicino a una zona abitata? Non ne avevo idea, ma il bosco che collegava le due magioni si estendeva per l'intera lunghezza del quartiere elegante di Glendale. Era più che plausibile che qualche animale selvatico vivesse nelle vicinanze e mi avesse individuata ritenendomi una preda facile per uno spuntino serale.

«C'è qualcuno?» gridai nell'oscurità. Restare in silenzio mi sembrava ancora più spaventoso.

Forse l'agente Bouchard era ancora di guardia a Harlow Manor e sarebbe arrivato in mio soccorso, auspicabilmente facendo un po' più di attenzione a dove metteva i piedi di quanto avessi fatto io.

Lo scricchiolio cessò, lasciandomi sola con l'inquietante sibilo del vento che soffiava fra gli alberi.

Non sarei mai più andata nel bosco con il buio, mai e per nessun motivo, a prescindere da quanto qualcosa potesse incuriosirmi.

E quella sera sembrava davvero il momento giusto per mettere in pratica il mio nuovo proposito 'niente bosco di notte', non appena fossi riuscita ad andarmene da lì.

Mi girai sulla schiena e mi tirai su a sedere. Avevo male ovunque e, poco ma sicuro, dovevo rifarmi la doccia. Per fortuna sembrava che non mi fossi rotta nulla, così premetti le mani già sporche a terra per rialzarmi. Il piede dolorante faticava a reggere il mio peso, così che zoppicavo come uno zombie, muovendomi a rilento fra la vegetazione.

Avevo fatto solo pochi passi quando udii di nuovo lo scricchiolio.

Avrei voluto mettermi a correre ma sapevo che, con il piede in quelle condizioni, l'unico risultato sarebbe stato una seconda caduta. Così continuai ad arrancare lentamente mentre l'animale, o qualunque cosa ci fosse là dentro, mi seguiva a breve distanza. Ero circa a metà strada fra casa mia e quella della senatrice quando udii Gattavius gridare: «Oh, se cerchi rogne le hai trovate, chiaro?!»

«Gattavius?» lo chiamai voltandomi per cercare

fra gli alberi il suo corpicino striato. Non ero mai stata così felice di sentire la sua vocina irata ed esigente.

Purtroppo non fu lui che mi trovai davanti. Vidi, invece, due paia di occhi giallo-verdi avvicinarsi sempre più, finché non ci trovammo a breve distanza l'una dagli altri. Le macchie bianche del gatto più piccolo mi resero più facile individuarlo, ma il grosso Sphynx nero rimase avvolto nell'ombra, ad eccezione di quei grandi occhi scintillanti.

Pochi istanti dopo Gattavius saltò fuori dalla boscaglia e mi squadrò da capo a piedi: «Cosa ti è successo?»

«Sono caduta» dissi in tono piatto senza staccare gli occhi dai due bizzarri visitatori privi di pelo. Anche se mi avevano spaventata, il bosco apparteneva a loro tanto quanto a noi.

«Quei due ti hanno fatta inciampare?» Si piazzò fra me e i due Sphynx miagolando e soffiando, facendomi sentire un po' più al sicuro e molto amata.

«Non credo» dissi cercando con lo sguardo la malefica radice che mi aveva fatto ruzzolare a terra, senza però riuscire a individuarla nell'oscurità sempre più fitta.

«Beh, non mi stupirebbe affatto» borbottò.

Il più grande degli Sphynx si fece avanti ed emise una serie di profondi miagolii.

«Oh accidenti, non ricominciare!» soffiò Gattavius in risposta.

«Che cosa ha detto?» chiesi trascinandomi zoppicante fino all'albero più vicino e allungando una mano per appoggiarmi al tronco in modo da non dover restare in precario equilibrio su un piede solo durante l'intera conversazione.

Gattavius aveva detestato collaborare con lo Yorkshire traumatizzato coinvolto nel nostro ultimo caso, ma sembrava ancora più seccato di dover parlare con gli Sphynx. Trasse un respiro profondo e tradusse: «Ha detto: 'La notte il gufo usa cantare in un modo che la curiosità sa pungolare'.»

Beh, non era proprio ciò che mi aspettavo. «Eh?! Cosa?» chiesi spostando il peso per appoggiarmi ancora di più all'albero.

«Non cosa» mi corresse Gattavius con un profondo sospiro. «Chi!»

«Eh?» Con la mano libera mi grattai il capo, totalmente frastornata.

Lui sospirò di nuovo: «Ricordi ciò che ti ho detto? Che non mi piace il loro modo di fare? È per questo. Non per il loro aspetto bizzarro, ma per il loro strambo modo di parlare. Si esprimono per indovinelli in rima. È per questo che si chiamano Sphynx, gatti sfinge. Lo capisci ora?»

«Vuoi dire come la creatura mitologica posta a guardia dei segreti degli dei?» Trovavo folle e affascinante che un vecchio mito che ricordavo a malapena avesse fatto capolino nelle nostre vite.

«Oh, non era così altruista» dichiarò Gattavius come se avesse conosciuto di persona la sfinge dell'antica mitologia greca. «Era un demone malvagio che tormentava chiunque gli capitasse a tiro.» Lo disse fissando i due gatti privi di pelliccia e rizzando minacciosamente il pelo.

«Wow» bisbigliai.

Gattavius si girò verso di me, ancora più agitato di prima. «Quindi ora capisci perché non avevo tutta questa voglia di chiacchierare con questi due. In ogni caso, la più grossa è Jillianne, mentre il piccoletto è Jacques.»

«So che sei a disagio ora» dissi nel tentativo di calmarlo. Mi era ben chiaro che ognuno dei tre felini aveva quattro zampe forti e in perfetta forma, mentre io al momento potevo contare su un piede solo. Se non altro, nonostante la frustrazione, Gattavius si era schierato dalla mia parte. «Ma il loro aiuto ci sarebbe davvero utile» continuai. «Potresti dire loro che sono la nuova vicina e che sono lieta di conoscerli?»

«Sai che la sfinge si divertiva a uccidere gli umani?» Gattavius si leccava una zampa mentre parlava, forse perché non gli piaceva starsene seduto sul terreno sporco del bosco, o forse per evidenziare il fatto che lui aveva il pelo, mentre i nostri interlocutori ne erano privi.

Dopo un breve scambio di battute mi informò: «Hanno detto, e cito le testuali parole: 'Sian scritti, annunciati o in note redatti, porgiamo all'umana gli omaggi dei gatti'.»

«Oh, mi danno il benvenuto!» strillai, assai più divertita del mio povero gatto insofferente. «Come hanno fatto a inventarselo così su due piedi? Devono essere dei geni!»

Gattavius soffiò. Di nuovo era evidente che la nostra definizione di genialità era molto diversa. «Non sono obbligato a restarmene seduto qui a fare da traduttore, sai. Se vuoi che ti aiuti, vedi di evitare di incoraggiare questi atteggiamenti assurdi.»

Mi sembrava che avesse detto che gli Sphynx parlavano sempre in quel modo, ma correggerlo lo avrebbe solo spinto a correre a casa, mentre a me servivano ancora molte risposte dai due bizzarri felini senza pelo. «Per favore, puoi chiedere loro se sanno chi ha ucciso la loro proprietaria?» dissi invece.

Gattavius tenne gli occhi fissi nei miei, come a volermi sfidare: «Mi sto annoiando a morte, quindi ti consiglio di riflette attentamente sulle domande da porre perché non ho nessuna intenzione di restarmene qui per tutta la notte» mi avvertì.

«Ok, ok» mugugnai. «Ora potresti riferirmi cosa hanno detto?»

Premette le orecchie contro il capo e scosse la testa. «Ti stai divertendo anche troppo, ma voglio essere chiaro fin da subito: non li adotteremo!»

Stavo per mettermi a gridargli contro, quando si decise a rifermi l'indovinello successivo in tono piatto e monocorde: «La risposta è tesa a confermare, seppur onta non possa non portare.»

«Sì!» strillai allegramente. «Significa sì, vero? Sanno chi è stato!» Questo caso si poteva chiudere in un battibaleno, considerando che avevamo due testimoni oculari proprio davanti a noi e anche disposti a parlare.

Gattavius emise un lamento spaventoso, girò sui tacchi e scomparve tra i rami degli alberi.

«Ehi, aspetta!» gridai tentando di seguirlo. Speravo che anche gli Sphynx ci avrebbero seguiti: morivo dalla voglia di porre loro la domanda successiva. Sarebbe bastato questo per identificare l'assassino, e ironicamente la mia domanda sarebbe stata proprio la risposta al loro primo indovinello: Chi? Chi aveva ucciso la senatrice? Come faceva Gattavius a non capire quanto fosse importante?

«Sanno chi ha ucciso la senatrice!» gli gridai dietro. «Devi solo porre loro un'ultima domanda e avremo risolto il caso in tempo record!»

Non riuscivo più a vederlo. Mi aveva davvero abbandonata lì? E io che iniziavo a pensare che ci tenesse a me. Continuavamo a pungolarci e sospettavo che sarebbe stato molto più semplice infastidirlo piuttosto che lasciare che fosse lui a infastidire me.

«Ehi, Gattavius!» gridai in un ultimo, fiacco tentativo di convincerlo con le buone. «Dove sei?»

Nessuna risposta. Perfino il vento aveva smesso di far stormire le fronde.

Grandioso. Se n'era andato lasciandomi sola e con un piede fuori uso in quel bosco spaventoso. A meno che...

Mi voltai in cerca degli Sphynx, ma andai a sbattere contro un ampio torace e un bel pancione. Un busto umano, maschile.

Non volevo nemmeno guardarlo in faccia: mi girai e cercai di correre via. Piede dolorante o meno, dovevo tornare alla relativa sicurezza di casa mia. Dovevo uscire da quell'orribile bosco subito. Ne andava della mia vita, letteralmente.

Avevo fatto un solo passo quando l'uomo mi afferrò per un braccio e mi attirò a sé.

«Ehi, che diavolo...» gridai lottando per liberarmi.

Mi tappò la bocca con la mano sudata prima che potessi finire la frase o gridare per chiedere aiuto.

La fine era giunta. Era così che sarei morta: non cadendo dalle scale, ma persa in un bosco a pochi metri dalla mia nuova, imponente dimora.

Non si era rivelato affatto un buon primo giorno nella nuova casa.

Proprio per niente.

9

La situazione era questa: fuggire o lottare. Preferibilmente entrambe le cose.

Ero già stata tenuta in ostaggio da un assassino. Ero stata gettata giù da un pontile e lasciata ad affogare. Potevo sopravvivere anche a questo. Raccolsi il coraggio e morsi con forza il palmo carnoso che mi copriva la bocca.

Sì! Aveva funzionato!

L'aggressore gridò per il dolore e si allontanò da me, stringendosi la mano contusa.

«Ahia, perché l'ha fatto? La voce gli uscì un po' acuta per un uomo, e nasale.

«È stato lei ad aggredirmi!» puntualizzai, osservando il suo volto arrossato che si abbinava bene ai pantaloni del pigiama di flanella rossi. Ora che lo guardavo con attenzione aveva un'aria decisamente meno minacciosa, ma ciò non toglieva che avrebbe potuto sopraffarmi facilmente per forza e stazza.

«Chi è lei?» chiesi. «Cosa ci fa nel bosco della mia proprietà?» Non c'era nessun bisogno che sapesse che mi ero trasferita lì solo quel pomeriggio. In effetti, probabilmente sarei stata più al sicuro se non l'avesse saputo.

Se non altro ebbe la decenza di mostrarsi dispiaciuto. Continuando a massaggiarsi la mano dolorante, si affrettò a spiegare: «Ho sentito delle voci, così sono uscito per vedere cosa stesse succedendo e lei mi ha sbattuto contro.»

Gli lanciai un'occhiataccia e incrociai le braccia sul petto. Doveva essere bello essere un uomo grande e grosso e potersi aggirare nel bosco al buio senza doversi preoccupare della propria sicurezza, al di là dei classici serial killer con la motosega. Io, invece, mi mettevo spesso in situazioni rischiose, con solo il mio tigrato lunatico a guardarmi le spalle. Quindi non avrei dovuto giudicarlo così duramente, suppongo. «Non mi ha ancora detto chi è lei.»

«Sono Matt Harlow» rispose porgendomi la mano sana per presentarsi.

«La prima volta l'ho morsa. Davvero si fida a porgermi l'altra mano?» chiesi spalancando gli occhi come a volerlo sfidare, proprio come Gattavius faceva spesso con me. Non mi sarei sentita al sicuro finché non me ne fossi andata da quel dannato bosco. Ero troppo vulnerabile in quel luogo buio e sconosciuto, con un uomo decisamente più grosso di me e un infortunio che mi rallentava l'andatura.

Matt fece un balzò indietro e rise nervosamente. Se non altro era spaventato anche lui. «Ha ragione» disse. «Allora mi assicura che sta bene?»

«Sì» risposi, anche se il dolore pulsante alle dita dei piedi si stava facendo più intenso.

«Volevo solo accertarmene.» Sollevò le braccia con un gesto rapido, poi si voltò e si allontanò nella direzione da cui era venuto. «Buonanotte.»

Rimasi a guardarlo allontanarsi finché non scomparve alla vista, poi ripresi il lento tragitto verso casa. E così quello era Matt Harlow, il parente più prossimo della senatrice. Se ci fossimo incontrati in circostanze diverse avrei potuto provare a scucirgli qualche informazione o cercare di capire cosa sapeva. Nella situazione attuale, però, preferivo aspettare la luce del giorno e un segnale stabile per il cellulare prima di valutare la possibilità di accusarlo di omicidio.

D'accordo, sembrava un brav'uomo—alto e paffuto come un orsacchiotto—ma restava il fatto che la sua reazione istintiva, quando gli ero finita addosso, era stata afferrarmi e tapparmi la bocca. E ciò era più spaventoso di quanto avrebbero mai potuto essere i due felini senza pelo che parlavano per indovinelli.

«Sono a casa» gridai quando infine riuscii a trascinarmi oltre la soglia. Non sapevo perché mi dessi la pena di annunciare il mio arrivo, quando era evidente che al mio compare a quattro zampe non importava nulla della mia sicurezza.

Gattavius si mostrò abbastanza astuto da non farsi vedere: in caso contrario si sarebbe beccato una bella ramanzina per avermi abbandonata nel bosco proprio quando gli Sphynx stavano per rivelarci un'informazione cruciale per il caso. Beh, se non aveva intenzione di farsi vedere poteva benissimo andare a letto senza cena, per quello che me ne importava.

Mi aggirai per la casa con passo pesante per accertarmi che gli fosse chiaro che ero arrabbiata con lui. Ma quando passai per la terza volta dall'open space al piano inferiore, feci una sosta in cucina per versargli una porzione di Sheeba fresco nella ciotola. Anche se volevo dargli una lezione, non avevo intenzione di sopportare i suoi lamenti strazianti per tutta la notte.

Mi presi comunque la mia rivincita, perché gli servii quello al gusto che gli piaceva di meno, il pollo, che avevamo in casa soltanto perché era incluso nella confezione che acquistavo di solito al negozio per animali. Di solito mettevo da parte le bustine al pollo e le portavo al gattile come donazione, ma immaginavo che utilizzarne una per una vendetta più che meritata non fosse un peccato imperdonabile.

Non ancora soddisfatta, marciai su per le scale per raggiungere la mia camera da letto nella torretta e mi sbattei la porta alle spalle. L'addetto della compagnia telefonica sarebbe venuto solo l'indomani per sistemare la connessione a internet, quindi per quella sera avrei dovuto accontentarmi della connessione del cellulare per navigare un po' in rete prima di dormire. Anche se, trovandosi nei pressi del bosco, le pagine si caricavano con lentezza esasperante, volevo comunque fare un po' di ricerche sulle attività recenti della senatrice per vedere se sarei riuscita a trovare qualche indizio su un possibile movente.

Già che c'ero, feci qualche ricerca anche su Matt Harlow. Da quello che trovai, sembrava un classico uomo di mezza età; viveva in città, aveva divorziato da poco e lavorava come addetto alle vendite. Nessun particolare mi saltò all'occhio come indicativo di un serial killer, ma era possibile che finora avesse ucciso una sola volta, sempre ammesso che la prematura dipartita della senatrice gravasse davvero sulla coscienza di suo figlio.

Per il momento non c'era altro.

Un raspare impaziente di artigli risuonò alla porta.

«Vattene!» gridai. In quel momento non volevo avere a che fare con quella primadonna del mio gatto.

Gattavius mormorò tra sé e sé parole sommesse che non riuscii a capire, anche se sembrava intento in una lite. «Scusami» mi disse infine, dopo una breve esitazione.

Ero così colpita che il cellulare mi cadde di mano. Non pensavo che l'avrei mai sentito pronunciare quella specifica parola. Da lui mi aspettavo frasi come 'Dovrai chiedermi scusa in ginocchio', non delle scuse sincere fatte con il cuore.

Sorrisi, pronta a sfruttare al massimo quel momento. Proprio come faceva di solito lui, dovevo prendermi la rivincita in qualche modo. «Cos'hai detto?» chiesi fingendo di non aver sentito.

Non sapevo se fosse venuto a scusarsi per ottenere dello Sheeba di un altro gusto o perché era davvero dispiaciuto, ma era già un traguardo.

Quando udii la sua voce tesa e alterata, capii di averlo punito abbastanza. «Hai capito benissimo! Stai solo... Accidenti! Mi dispiace, ok? Ti chiedo scusa!»

Corsi verso la porta come in una scena al rallentatore. Quel momento non era poi così diverso dalle storie in cui l'eroina corre attraverso un prato fiorito per raggiungere l'eroe. Sì, volevo davvero bene al mio gatto e quello era un momento speciale per me, non giudicatemi per questo.

Spalancai la porta, gli sorrisi e gli dissi: «Ti perdono.»

«Bene» disse lui con un sorriso malizioso. «C'è comunque una bella pozza di vomito verde che ti aspetta in fondo alle scale.» E corse via dimenando trionfalmente i fianchi. Sinceramente non ricordavo nemmeno la questione del vomito verde, ma avevo questioni più importanti di cui occuparmi.

Lasciando la porta della mia camera aperta nel caso in cui avesse deciso di tornare per un po' di coccole riappacificanti, mi rinfilai a letto e ripresi le ricerche sulla senatrice e suo figlio.

Per prima cosa lessi tutti gli articoli pubblicati nell'ultimo mese che la riguardavano. Poi, annoiata a morte, mi concentrai su ciò che sapevo.

Aprii l'app per prendere appunti e iniziai ad annotare tutto ciò che avevo scoperto fino ad allora:

Eletta per quattro mandati, probabile rielezione.

Morta per caduta dalle scale.

Gradino più in basso sfondato.

Mamma mi ha chiesto di indagare sulla questione.

Sensazione che non si sia trattato di un incidente quando ho visto la scena del crimine.

Due Sphynx presi da un allevamento in Francia.

L'agente Bouchard è rimasto a guardia della casa per la maggior parte della giornata.

Thompson è andato a porgere omaggi ed è stato mandato via.

Il parente più prossimo è Matt Harlow. Mi ci sono imbattuta nel bosco e mi ha tappato la bocca quando ho cercato di gridare.

Per ora era tutto ciò che sapevo, giusto? Prendendo in considerazione tutte le persone menzionate in quell'elenco, per ora i sospettati includevano l'agente Bouchard, Matt Harlow, il signor Thompson, mia madre e un allevatore di gatti francese. Ci avrei aggiunto anche chiunque fosse in corsa per la carica di senatore alle prossime elezioni di metà mandato; tuttavia, queste si sarebbero tenute solo fra due anni, motivo per cui ritenevo improbabile che si fosse trattato di un rivale politico.

Queste riflessioni mi riportarono a un'altra

domanda importante: come mai la senatrice conosceva il signor Thompson? Certo, avrei potuto chiederlo direttamente a lui quando fossi tornata al lavoro, ma mi avrebbe detto la verità o avrebbe tentato di depistarmi?

Continuai a fare ricerche su Google per circa un'ora in cerca di collegamenti fra la senatrice Harlow e il signor Thompson, ma senza nessun risultato. Poiché sarei stata in ferie per il resto della settimana, decisi di chiedere un favore a un amico.

«Pronto?» Charles, socio junior dello studio legale, nonché ragazzo per il quale avevo avuto una cotta, rispose con un sussurro frettoloso.

«Charles, mi serve un favore» gli dissi.

«Sono al cinema con Breanne. Aspetta un secondo.» Udii le lamentele seccate dalla sua fidanzata, poi la sua voce chiara e forte: «Ok, sono nell'ingresso. Come posso esserti utile?»

«La senatrice Harlow è stata assassinata» gli dissi, giusto in caso non ne fosse già al corrente.

Ma lo era. Ovviamente. «Non hanno ancora escluso l'ipotesi che possa essersi trattato di un incidente» mi corresse.

«Ma io sì!» dissi, e lui sapeva che era meglio non contraddirmi. «Comunque, fatto curioso: Thompson si è presentato a casa della senatrice oggi pomeriggio e ha cercato di entrare, ma la polizia lo ha mandato via.»

«Strano. Come fai a saperlo?»

«Abito nella casa accanto, ricordi?» risposi in tono pratico.

«Non riesci proprio a stare alla larga dalle indagini, eh Russo?» disse con una risata, anche se l'oggetto del discorso era un omicidio. Sentirlo ridere mi fece di nuovo provare qualcosa per lui; ma dato che era già impegnato, ricacciai indietro quella sensazione e tornai a concentrarmi sui fatti.

«Potresti parlare con Thompson?» chiesi. «Scoprire come faceva a conoscere la senatrice? Perché oggi è andato a casa sua?»

«Lo farò» disse. «C'è altro?»

«No, torna pure al tuo appuntamento, rubacuori!» Sperai che non si fosse accorto del mio tono sarcastico. In ogni caso, riattaccò subito, lasciandomi di nuovo sola in quell'enorme casa e con un potenziale assassino come vicino, per di più.

Sarei riuscita a convincere la nonna a trasferirsi un po' prima? In quel modo avrei avuto un gatto lunatico e una vecchietta esuberante a proteggermi in caso di pericolo.

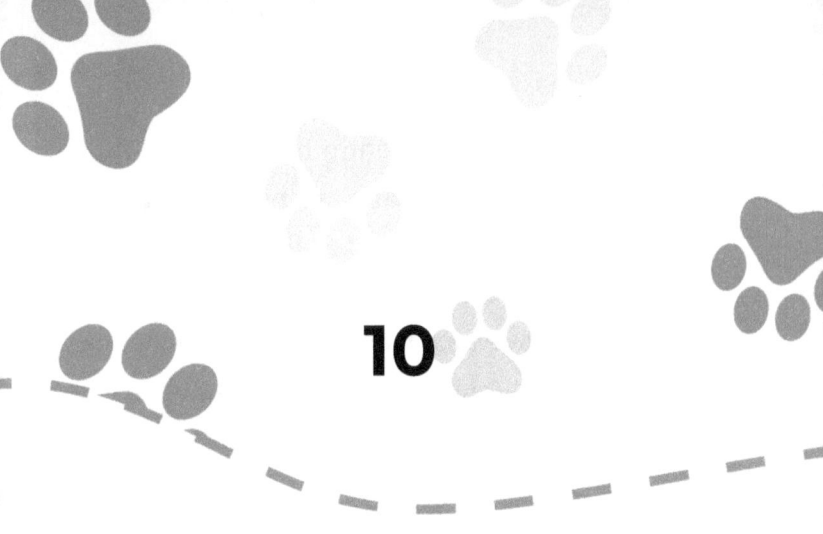

10

Nonostante un altro paio d'ore di ricerche sulla vita, la storia e le prese di posizione politiche della senatrice, la mattina dopo non mi sentivo neanche di una virgola più vicina alla soluzione del caso. Certo, avrebbe potuto trattarsi di una questione di sostanziosa eredità, come per Ethel Fulton, ma per qualche motivo ne dubitavo.

Pur avendomi terrorizzata la notte prima, niente faceva pensare che il suo educato e paffuto figlio arrivato di corsa dal Midwest potesse essere un assassino; piuttosto, solo un uomo un po' goffo nelle relazioni sociali. Ciò nonostante, non potevo escluderlo del tutto o sarei rimasta con due gatti e il mio capo come principali sospettati.

Speravo che Charles riuscisse a ottenere le informazioni che mi servivano entro fine giornata. Io mi ero schierata dalla sua parte quando nessun altro aveva voluto prestargli aiuto per il caso di omicidio 'impossibile da vincere'. Ma contro ogni aspettativa quella volta ce l'avevamo fatta e sentivo che potevamo farcela ancora. Questa volta non si trattava di un caso in tribunale, ma la gente meritava di sapere la verità sulla morte di Lou Harlow.

Dopo una rapida colazione a base di cereali, raccolsi i capelli dietro la nuca, indossai un audace prendisole in stile retrò e salii in auto. Volevo risolvere la questione il prima possibile e non soltanto per la senatrice o per i cittadini di Glendale, ma anche per me stessa. Non ero riuscita a prendere sonno facilmente la notte prima e dubitavo di riuscirci finché non mi fossi sentita al sicuro nella mia nuova casa.

«Dove pensi di andare?» chiese Gattavius saltando sul cofano e scoccandomi occhiate di fuoco attraverso il parabrezza.

«A trovare i vicini» lo informai. Non mi sarei arrischiata ad addentrarmi di nuovo nel bosco, neanche alla luce del sole. «Ora scendi dall'auto così posso mettere in moto.»

«Vengo anch'io» disse, schizzando verso gli alberi.

Non mi sorpresi affatto: lui preferiva non salire in macchina, io invece sì.

Percorsi il lungo vialetto tortuoso di casa mia, poi un breve tratto di strada e infine imboccai l'altrettanto lungo e tortuoso vialetto che conduceva a Harlow Manor. Certo, quando il mio povero piede fosse guarito completamente avrei impiegato meno tempo passando dal bosco, ma non sempre la velocità è l'aspetto più importante quando si deve arrivare al punto.

Come quando si tratta di risolvere un mistero.

L'avevo imparato a mie spese durante la mia primissima indagine: ero partita al galoppo verso la linea del traguardo senza prendermi il tempo necessario a prepararmi per la gara, e mi era quasi costato la vita.

Ripensandoci, mi ero messa in pericolo anche per risolvere il mio secondo caso. Questa volta, invece, mi sarebbe piaciuto consegnare l'assassino della senatrice alla giustizia senza rischiare di lasciarci le penne. Sarebbe stato decisamente più professionale risolvere un caso senza mettere in pericolo la vita di nessuno.

Forse oggi avrei avuto fortuna e la giornata avrebbe costituito un punto di svolta per la Detective che parla con gli animali! Ridacchiai a quel pensiero, ma dovevo ammettere che lo slogan di mamma cominciava a piacermi.

Quando giunsi alla tenuta degli Harlow mi sorprese l'assenza sia di auto della polizia che di auto sportive di lusso. Un vecchio furgone arrugginito era invece parcheggiato di fronte all'ingresso principale. La porta era aperta, ma non scorsi nessuno all'interno, nemmeno i bizzarri gatti che sapevo per certo vi abitassero.

«Eccomi qui!» la voce di Gattavius mi giunse attutita attraverso la vegetazione. «E ti ho anche portato un regalino» aggiunse. Quando lo scorsi, vidi che aveva in bocca un roditore morto.

«Che schifo!» dissi, rassegnata all'idea che la mattina dopo avrei trovato vomito di gatto più disgustoso del solito.

«C'è qualcuno?» chiese una voce profonda dall'interno della casa.

Rimasi accanto all'auto in attesa che la persona che aveva parlato uscisse sul portico. Quando il proprietario della voce si materializzò, emisi un grido di gioia e corsi ad abbracciarlo. «Brock! Che bello vederti a piede libero!» Sperai di non averlo offeso con quelle parole, ma mi sembrava meglio evitare riferimenti diretti al fatto che l'ultima volta che l'avevo visto era stato nella sala colloqui della prigione.

«Angie, giusto?» mi chiese con un ampio sorriso. «Grazie per aver lavorato al mio caso!»

Ops. Ovviamente lui non conosceva me tanto quanto io conoscevo lui. Avevo trascorso quasi una settimana ossessionata dal suo caso, mentre lui mi aveva solo vista per pochissimo tempo nel bel mezzo di quello che doveva essere stato il periodo peggiore della sua vita.

«Ehi, è stato un piacere» dissi dandogli un colpetto con il pugno sulla spalla.

«Beh, per me un po' meno» mi corresse con una risata. «Ma apprezzo il pensiero.»

Aveva un bell'aspetto. Davvero molto bello. I capelli scuri erano più corti dell'ultima volta, tagliati con cura a una lunghezza appena sufficiente da poterci passare le dita in mezzo...

Cosa? Io? No! La mia ultima cotta era finita malissimo, con *lui* che usciva con un'altra. Inoltre, il caro Brock ricordava a malapena il mio nome. Non era proprio il caso di indulgere in fantasie romantiche su di lui.

Ciò nonostante, il suo sorriso era gentile e sincero. Non riuscivo a credere che quella strega dai capelli rossi fosse la sua gemella. A parte il cognome, non avevano quasi niente in comune. Niente di visibile, almeno.

Brock mi fece cenno di seguirlo in casa, poi si accovacciò davanti alle scale e si rimise al lavoro.

Quei pantaloni! Quella maglietta! Che muscoli! E come maneggiava il martello... Caspita!

Sembrava proprio che la mia cotta per Charles Longfellow III fosse acqua passata. Seppur scagionato da ogni accusa, mi chiesi se la nonna avrebbe approvato che uscissi con un ex carcerato. Ma certo! Anzi, probabilmente avrebbe trovato la situazione ancora più eccitante di quanto facessi io.

No, no, no. Lascia perdere, Angie! Non avevo tempo per le faccende romantiche, o anche solo per pensarci, quando c'era un assassino a piede libero.

«Quindi ti hanno assunto per riparare la scala?» chiesi, giusto per dire qualcosa di sensato.

I suoi occhi scuri e scintillanti erano davvero affascinanti quando si voltò a fissarmi. «Proprio così» disse. «E ne sono molto grato. Anche se sono stato assolto, molta gente ancora non è a suo agio all'idea che lavori per loro.»

«Oh, io ho in mente un paio di cosette che potrei farti fare!» Ero sempre più ipnotizzata dai muscoli ben visibili sotto i jeans. Aspettate: l'avevo davvero detto ad alta voce?

«Di che si tratta?» chiese voltandosi verso di me e strofinandosi la fronte con il braccio.

«Ehm...» Esitai, incapace di ricordare a cosa stessi pensando. Poi capii quel era il problema. Per quanto trovassi affascinante l'uomo che mi stava di fronte, non si trattava di lui. Il punto era la mia personale versione della kriptonite: il caffè. Tutt'a un tratto realizzai di non aver assunto neanche un briciolo di caffeina prima di uscire. Non c'era da stupirsi che avessi il cervello in pappa. Avrei dovuto prestarci più attenzione d'ora in poi.

Mi pizzicai l'interno del braccio per tornare alla realtà e finalmente riuscii a sorridere e rispondere: «La mia nuova casa avrebbe bisogno di qualche lavoretto, se hai tempo. Abito nella casa qui di fianco.»

Rimase a fissare in direzione di casa mia come se riuscisse a vederla attraverso le solide mura di Harlow Manor: «Certo, mi farebbe piacere.»

Gattavius fece la sua comparsa sulla porta con tracce di sangue fresco sul pelo del muso; grazie al cielo non c'era traccia della carcassa con cui aveva fatto lo spuntino di metà mattina. «Non c'è da stupirsi che tu non abbia un fidanzato» mormorò iniziando a leccarsi.

Accidenti, ero così imbranata che perfino il mio

gatto se ne accorgeva. Davvero un pessimo modo di iniziare la giornata. Dei peggiori.

Il brusco arrivo di Gattavius mi ricordò che mi ero recata lì per un motivo, che non era flirtare con il tuttofare. «In effetti ero passata per parlare con Matt Harlow. È in casa?»

Brock rimestò in un contenitore pieno di viti finché trovò quella che stava cercando. «No, è uscito poco dopo il mio arrivo. Per la lettura del testamento» mi spiegò restando concentrato su ciò che stava facendo. «Vuoi che gli dica che sei passata?»

«Sì, grazie.» Non mi restava nulla da fare lì, così mi diressi alla porta scoccando un'occhiata irritata a Gattavius quando gli passai accanto. Continuava ad affermare che gli umani sembravano tutti uguali, ma ora riusciva a distinguere correttamente gli uomini dalle donne nove volte su dieci. Mi chiedevo se gli Sphynx fossero altrettanto in difficoltà, se avessero visto l'assassino ma non fossero stati in grado di identificarlo.

«Ehi, aspetta. Non ti ho detto una cosa» mi gridò dietro Brock.

Mi voltai così in fretta che praticamente feci una giravolta completa. Il vestito mi roteò intorno come in un film d'altri tempi e Brock ridacchiò.

«Volevo solo dirti che abbiamo ricevuto ufficialmente un'offerta per la casa di tua nonna. A quanto pare potrà trasferirsi da te molto presto.»

Eh già. Lui e sua sorella erano stati incaricati della vendita della casa della nonna. C'era un intero mondo là fuori, oltre a noi due e al mio gatto criticone.

«Grazie» risposi. «È una bella notizia.»

Tornai lentamente all'auto, facendo attenzione a non caricare troppo il peso sul piede infortunato. Se la nonna aveva un acquirente per la casa, avrebbe potuto raggiungermi molto prima di quanto avessimo preventivato.

Non mi vergognavo affatto ad ammettere che mi sentivo come una ragazzina spaventata che aveva bisogno che la nonna le rimboccasse le coperte per andare a letto. Almeno finché l'assassino a piede libero a Glendale, l'ultimo della serie, non fosse stato catturato e imprigionato. Forse avrei potuto invitarla quel pomeriggio per festeggiare la vendita imminente e poi scongiurarla di restare per la notte.

Quando avesse saputo che c'era stato un omicidio dai vicini, non sarebbe riuscita a resistere.

11

Naturalmente la nonna accettò di passare da me nel pomeriggio per (cito testualmente) 'cercare prove per la nostra nuova indagine'. Forse avrei dovuto chiamare mia madre anziché la nonna, considerando che lei era già ufficialmente coinvolta. Ma la nonna si era rivelata pronta e determinata nell'indagine precedente e mi piaceva il suo approccio nell'interrogare i testimoni, meno diretto di quello di mia madre.

Non avevo nessun dubbio sul fatto che, se non avesse fatto carriera come giornalista, mia madre sarebbe stata un'ottima guardia carceraria. D'altro canto, invece, la nonna era nata per recitare. Anche se la sua carriera a Broadway era terminata quasi cinquant'anni fa, le piaceva da matti indossare nuovi panni e buttarsi a capofitto a interpretare il ruolo di qualsiasi personaggio risultasse utile alle nostre indagini.

E io? Supponevo di essere la mente che dirigeva le operazioni. O qualcosa del genere. Ora come ora eravamo solo detective improvvisate con un certo talento per trovare indizi e cacciarci nei guai. Certo, se mia madre avesse potuto fare a modo suo, presto avrei avuto sul prato di fronte a casa un bel cartello con su scritto 'Investigatore privato'.

La nonna era l'attrice, il poliziotto buono. Mia madre era la reporter ostinata, alias il poliziotto cattivo, e io ero quella che si occupava di fare tutte le ricerche e poi si lanciava in battaglia a spron battuto senza alcun riguardo per la propria sicurezza.

Quindi, forse, non ero la mente, in fin dei conti.

Svuotai qualche altro scatolone mentre ci riflettevo su—come se la cosa avesse una qualche importanza, come se stessi scrivendo un romanzo o preparando il lancio di un programma televisivo sulle nostre imprese. Quello sì che sarebbe stato un gran giorno! E sia mia madre che la nonna lo avrebbero apprezzato. Ma per ora desideravo solo che i miei abiti fossero appesi in ordine nell'armadio.

Avevo scelto la camera da letto più piccola della casa non soltanto perché mi piaceva l'idea di vivere in una torre, ma anche perché una stanza piccola mi dava di più la sensazione di essere a casa. Nonostante la personalità istrionica, la nonna mi aveva insegnato a essere umile e a gioire delle piccole cose; e infatti dovevo ancora abituarmi all'idea di essere la proprietaria di una tenuta tanto imponente.

Quando mi accorsi che il minuscolo armadio della stanza riusciva a contenere meno della metà del mio guardaroba, sospirai in preda alla frustrazione. È vero, era quasi tutta roba proveniente da negozi dell'usato, ma amavo ciascuno di quei capi e detestavo l'idea di separarmene. Il fatto è che, purtroppo, non si fanno più abiti come quelli degli anni Ottanta e Novanta; e anche se all'epoca ero appena nata, niente mi avrebbe impedito di adorare i tocchi di colore audaci e le allegre fantasie degli abiti che andavano di moda allora.

«Chi ti ha fatto la pupù nella lettiera?» chiese Gattavius scegliendo proprio quel momento per sgattaiolare fuori da sotto al letto. Non sapevo nemmeno che quel briccone fosse lì.

«Utilizzi dei modi di dire davvero strani» gli dissi aggrottando le sopracciglia, per poi tornare a concentrarmi sul problema. «E comunque, i miei abiti non ci stanno in questo armadio.»

«Innanzi tutto, anche tu parli in modo strano.»

Gattavius trasse un respiro profondo prima di avventurarsi nell'armadio a controllare personalmente. Quando uscì, dichiarò: «E secondo, anche se non capisco proprio cosa ve ne facciate voi umani di tutti quei vestiti, ti sei accorta che ci sono sei camere da letto in questa casa? Sei! Una in più delle vite che mi restano. Mi sembrano più che sufficienti. Basta che tu ne scelga un'altra e ci metta la tua roba.»

Scossi il capo chiedendomi se avrei dovuto porre domande sulle vite perdute e cosa ciò implicasse esattamente. Per quel che ne sapevo, io avevo una sola vita da vivere—e da perdere. E questo era il motivo per cui le nostre indagini, per quanto eccitanti, potevano risultare anche molto pericolose.

«Vieni» disse Gattavius con un sospiro ansimante. «Credo proprio di sapere qual è la stanza perfetta. Avanti, seguimi.»

Con un cumulo di appendiabiti fra le mani lo seguii giù lungo la scala a chiocciola e attraverso il secondo piano della nostra nuova casa. Beh, nuova per me, almeno. Lui si era già perfettamente riambientato come un vero padrone di casa. Non l'avevo mai visto altrettanto a suo agio nel mio appartamento, ma come ho già detto, il tigrato sembrava davvero nato per vivere nell'opulenza.

«Questa!» disse fermandosi davanti a una porta

chiusa in fondo al corridoio e colpendo con la zampa la luce che filtrava da sotto.

La aprii e sussultai, lasciando cadere a terra gli appendiabiti che si sparpagliarono con un gran fragore. Mi ero completamente dimenticata di quella stanza. Certo, avevo visitato la casa un paio di volte prima di firmare il contratto, ma all'epoca ero rimasta così colpita dal lusso generale della villa da aver a malapena notato i dettagli.

E wow...quella stanza era proprio bella!

Innanzitutto c'era una grande bovindo con una comoda seduta, come quelli che avevo visto ad Harlow Manor e che desideravo tanto. Lo splendido arredo doveva essere lungo quasi due metri, quindi volendo avrei potuto anche farci un pisolino. Spesse tende oscuranti lo affiancavano su entrambi i lati. Dovevano essere state chiuse quando avevo visitato la casa: ecco perché non me ne ricordavo! Quella spiegazione era decisamente preferibile all'idea che non avessi notato o mi fossi dimenticata di aspetti così importanti.

Dal soffitto a volta pendeva un antico lampadario di cristallo che, alla luce del sole, proiettava minuscoli arcobaleni in tutta la stanza. La maggior parte delle lampadine era bruciata, ma ciò non ne riduceva minimamente la magnificenza. Il parquet color miele presentava qualche graffio, ma era solido. Non ci sarebbe voluto molto a levigarlo e lucidarlo quando avessi avuto il tempo e i soldi per occuparmene—o per chiedere al tuttofare sexy di farlo.

«Allora, pensi che vada bene come nuovo armadio?» chiese Gattavius saltando sulla seduta e dando una breve occhiata all'esterno prima di voltarsi di nuovo verso di me. «È piccolo, quindi ho pensato che ti sarebbe piaciuto.»

«Armadio?» Sussultai di nuovo. «Non se ne parla! Questa diventerà la mia biblioteca!»

Le lacrime mi scorrevano sul volto e mi inzuppavano la maglietta, ma non me ne importava affatto. Gattavius poteva prendermi in giro finché voleva, ma finalmente avevo trovato qualcosa che mi emozionava davvero e senza riserve nella nostra nuova casa.

Come avrei potuto sentirmi altrimenti, ora che dormivo in una torre come Raperonzolo e che avrei avuto una biblioteca tutta mia come Belle? Mi ero ritrovata a vivere in una fiaba. Certo, con il buio la tenuta si trasformava in una casa infestata, ma... ma...

Ora avrei avuto una biblioteca tutta mia!

Una bussata energica al piano di sotto pose fine a quel momento speciale. In caso contrario sarei potuta rimanere lì tutto il giorno a fare progetti su come arredare la stanza, al momento vuota.

«Non c'è il campanello?» chiesi a Gattavius. chiudendomi con riluttanza la porta alle spalle e dirigendomi verso le scale.

Lui fece spallucce e schizzò giù per scoprire chi era venuto a trovarci.

Nonostante detestassi l'idea di abbandonare il mio sogno a occhi aperti, immaginavo che potesse trattarsi della nonna, e a lei non piaceva essere lasciata ad aspettare.

«C'è qualcuno?» chiese una voce maschile dal tono nasale.

Seguirono altri colpi alla porta, un po' più insistenti questa volta.

Riconobbi subito Matt Harlow quando vidi la sua figura massiccia attraverso i pannelli di vetro colorato della porta d'ingresso. Spalancai la porta e rimasi immobile sulla soglia. È vero, ero andata a fargli visita quella mattina, ma mi sentivo ancora molto ansiosa in sua presenza e avrei continuato a sentirmi così finché non fossi riuscita a escluderlo completamente dalla lista dei sospettati.

«Salve» disse ficcandosi una mano in tasca e rivolgendomi un cenno di saluto con l'altra. Mi chiesi se fosse quella che gli avevo morso la notte prima. «È passata da me stamattina?»

Con un gesto rapido mi accertai di avere il cellulare in tasca per maggior sicurezza, poi feci un passo indietro e gli feci cenno di entrare: «Gradisce una tazza di tè?» gli chiesi pensando che si trattasse del gesto più adatto per dei vicini di casa.

Gattavius attraversò l'ingresso di corsa emettendo terribili miagolii spaccatimpani: «È troppo presto! Troppo presto!» gridò.

«Il suo gatto ha qualcosa che non va?» chiese Matt piegando il capo per osservarlo meglio.

Mi strinsi nelle spalle: «Sta bene. Allora, un tè?» ripetei.

«Certamente, la ringrazio.» Un sorriso sincero gli attraversò il volto e per la prima volta notai la sua somiglianza con la madre.

Lo condussi in salotto e gli feci cenno di accomodarsi sull'antico divano vittoriano dalle rifiniture in legno di ciliegio scuro. La casa presentava molte tipologie di legno diverse e non mi era chiaro se ciò fosse dovuto a una progettazione inaccurata o a se si trattasse di un antico stile decorativo di cui non ero a conoscenza.

A metà strada dalla cucina mi voltai, consapevole

che si trattava del momento perfetto per porre a Matt un paio di domande molto importanti.

«Anche lei ha dei gatti, vero?» Speravo che la mia brama di parlare degli Sphynx non fosse troppo evidente. Avevo bisogno che Matt stesse dalla mia parte, ammesso che non fosse l'assassino.

Congiunse le dita davanti a sé. Sembrava incerto su cosa fare ora che era seduto comodamente in casa mia. «Io? No. Ma mia madre ne ha sempre avuti, da che ricordi.»

«E cosa ne sarà ora dei mici?» chiesi in tono indifferente.

Si strinse nelle spalle cercando di mettersi a suo agio sul rigido divano. «Non lo so ancora» ammise. «Sono rimasti sempre nascosti da quando sono arrivato. Pensavo di regalarli ai miei figli, in modo che sia la mia ex moglie a doversene occupare al posto mio. Ma temo che gli farebbero venire gli incubi come capitava a me da bambino.»

«Incubi? Perché?» chiesi pur avendo già capito. Ero disposta a tutto pur di farlo continuare a parlare.

«Ha mai visto dei gatti senza pelo?» mi chiese rabbrividendo. «Sembra che abbiano il cervello fuori dalla scatola cranica.»

Ridemmo entrambi. Era una descrizione piuttosto

calzante. Ciò nonostante, Jacques e Jillianne avevano iniziato a piacermi, ora che avevo avuto la possibilità di parlarci un po'. Certo, erano particolari, ma anche molto affascinanti. «Ha detto di aver sofferto di incubi da bambino. Ha sempre avuto paura dei gatti?»

Si schiarì la gola e tossì portandosi un pugno davanti alla bocca. «Non ho paura dei gatti. Un tempo mi piacevano, ma poi mia madre conobbe quell'allevatore francese e da allora ha sempre avuto solo Sphynx di razza purissima.»

Sembrava proprio che mi fosse capitata una buona opportunità, così fortuita che non avrei mai immaginato che potesse accadere: «Se le fa piacere, sarei lieta di occuparmi di loro finché non avrà deciso a chi affidarli» dissi con un sorriso suadente.

«Cosa?!» proruppe Gattavius rientrando di corsa nella stanza e saltando sul divano di fianco a Matt. «Non dirai sul serio! Non permetterò mai che—»

«Oh,» disse Matt interrompendo inconsapevolmente la filippica del tigrato, «sarebbe fantastico. Se non è troppo disturbo, ovviamente.»

«Oh, nessun disturbo!» dissi con un ampio sorriso, divertita dall'espressione di puro orrore dipinta sul muso del mio gatto.

«Traditrice!» mormorò Gattavius sottovoce.

Matt allungò una mano per accarezzarlo, ma ricevette un'artigliata dal tigrato furibondo. «Ahia!» protestò. «Era la mano sana!»

Il gatto soffiò e corse a nascondersi in un'altra stanza strillando parolacce in gattese a pieni polmoni.

«Sono spiacente» dissi, piena d'imbarazzo. Speravo fosse ancora disposto ad affidarmi i gatti della madre dopo aver visto quanto si comportava male il mio.

«Allora, che ne dice di un tè?» chiesi, precipitandomi in cucina prima che avesse la possibilità di ripensarci. In questo modo avrei avuto qualche minuto di calma per pensare alle domande da porgli. Se fossi riuscita a fare quelle giuste, avrei potuto trovare i pezzi del puzzle mancanti per risolvere finalmente l'omicidio di Lou Harlow.

12

Servii a Matt una tazza di Earl Grey liscio, senza latte, senza zucchero, niente di niente. Avrebbe dovuto accontentarsi perché non avevo ancora avuto tempo di andare a fare la spesa dopo il trasloco. Era già un miracolo che avessi del tè.

«Grazie» disse con un sorriso gentile, accettando la tazza tiepida e tenendola fra le mani. «Senta, per quanto riguarda la scorsa notte... volevo scusarmi per... Beh, sono certo che se ne ricorda.»

«Acqua passata» minimizzai, pur essendo lieta che si fosse scusato. Dovevo tenermelo buono se volevo che mi dicesse ciò che sapeva sull'omicidio di sua madre.

«Lei è così gentile e si è perfino offerta di badare

ai gatti. Sono davvero desolato per il modo in cui mi sono comportato. È solo che...» Sospirò profondamente rigirandosi la tazza fra le mani in modo da rivolgere la decorazione nella mia direzione. Era la mia tazza *crazy cat lady*. La nonna me l'aveva regalata qualche mese prima per festeggiare l'adozione ufficiale di Gattavius ed era una delle mie preferite.

Matt sospirò di nuovo, gli occhi rivolti al pavimento: «Non è molto virile ammetterlo, ma ero terrorizzato.»

«È comprensibile» lo rassicurai. «Dopotutto sua madre è appena stata uccisa.»

«Esattamente!» Matt si portò la tazza alle labbra, bevve un piccolo sorso e la posò sul tavolino. Non c'erano sottobicchieri, ma il vecchio mobile era già piuttosto usurato, quindi non era una questione molto rilevante al momento. «E adesso io sto lì, a casa sua. È la casa in cui sono cresciuto, ma le garantisco che, ora come ora, mi dà i brividi.»

«La capisco perfettamente.» Allungai la mano stretta a pugno aspettandomi che lui facesse lo stesso e la colpisse, come gesto d'intesa. Ma lui non sembrò comprendere e finimmo per stringerci la mano.

«Quindi è cresciuto da queste parti?» chiesi bevendo a mia volta un sorso. Detestavo il sapore del tè senza almeno due bei cucchiaini di zucchero, così avevo riempito la mia tazza solo con acqua calda. In questo modo avrei potuto bere insieme a Matt facendo sembrare le mie domande una chiacchierata informale anziché un interrogatorio.

«Non da queste parti.» Si fermò e scosse il capo. «Proprio qui. Nella casa di fianco.»

«Se non sono troppo indiscreta, perché ha deciso di trasferirsi?» Ero molto soddisfatta della piega presa dalla situazione: Matt si stava confidando con me senza la minima esitazione. Quanto sarebbe stato disposto a rivelarmi prima di finire il tè?

«Per amore.» Sbuffò e alzò gli occhi al cielo. «E si è visto com'è andata a finire.»

Gli rivolsi un sorriso comprensivo. Anche se non avevo mai avuto una relazione davvero importante, mi dispiaceva per il suo recente divorzio. La delusione doveva essere ancora cocente e, come se non bastasse, aveva appena perso la madre. «E allora perché non torna a vivere qui? Suppongo che sua madre le abbia lasciato la casa.»

«Sì, ma non ho ancora deciso.» Si accigliò, tamburellando con le dita sul lato della tazza. «Sarebbe difficile viverci senza pensare costantemente a cosa le è successo.»

«È stata una buona madre?» chiesi prima di bere un altro sorso dalla mia tazza di acqua calda.

Se anche pensava che stessi ponendo troppe domande troppo in fretta, Matt non lo diede a vedere. Invece, sembrava felice di aprirsi, o almeno di avere qualcuno con cui parlare. Poveretto.

«Era la migliore» disse con un sospiro nostalgico. «E tutto ciò che si legge su di lei sui giornali è vero: aveva davvero un cuore d'oro. Ha sempre fatto volontariato, anche prima di essere eletta senatrice. Pensi che a Natale abbiamo sempre trascorso più tempo a servire pasti alla mensa dei poveri che a casa ad aprire regali.»

«Incredibile. Sono certa che moltissima gente sentirà profondamente la sua mancanza. Io per prima.» Sapevo già che la senatrice si era sempre prodigata per il prossimo, ma sentirlo dire da suo figlio in persona mi fece provare ancora più rabbia per il fatto che qualcuno avesse brutalmente posto fine alla sua vita anzitempo.

Gli occhi di Matt si illuminarono di genuino calore: «La conosceva bene?»

Sorrisi: «Beh, ho sempre votato per lei e si vedeva che credeva davvero in ciò che diceva. Era molto rassicurante.»

Matt prese la sua tazza e bevve lentamente un lungo sorso. «Non so davvero chi potesse volerle fare del male» disse scuotendo il capo. «Questa storia non ha alcun senso.»

«Potrebbe essersi trattato di un incidente» puntualizzai, pur essendo la prima a non crederci.

«Può darsi» ammise.

Restammo seduti in silenzio per qualche istante. Lui non aggiunse altro, ma sentivo che non era ancora pronto ad andarsene, così decisi di porgli un'altra domanda.

«Quando sono passata, stamattina, lei era alla lettura del testamento. È andato tutto bene?» Ripensai all'unica lettura di testamento a cui avevo presenziato: quella in cui ero quasi morta per mano di una vecchia macchina per il caffè e durante la quale avevo scoperto il mio superpotere e incontrato Gattavius per la prima volta. Per quel che ne sapevo, potevano rivelarsi eventi decisamente tumultuosi.

«Tutto nella norma, direi» rispose Matt indifferente. «Non ci sono state sorprese. Io ho ereditato la casa, per entrambi i miei figli c'è un fondo fiduciario di cui potranno disporre al compimento dei diciotto anni. Il resto è stato quasi interamente destinato al finanziamento di una borsa di studio di cui mia madre parlava da anni, ma che non aveva mai avuto la possibilità di portare a compimento.»

«Una borsa di studio? Che bella iniziativa» dissi annuendo. «Per studenti di scienze politiche?»

Matt ridacchiò: «Assolutamente no. Mia madre ha sempre detestato i politici, anche dopo essere stata eletta. Diceva che erano persone intelligenti e con buone intenzioni che purtroppo si erano smarrite lungo la via. Ma per lei non è stato così, che Dio l'abbia in gloria.»

«Posso chiederle per che cos'è, allora, la borsa di studio?» domandai, sperando di non risultare insensibile a tornare sull'argomento dopo le sue belle parole. «Sa, sto pensando di riprendere gli studi: magari potrei fare richiesta.»

Non avevo davvero intenzione di tornare all'università in quel periodo della mia vita, ma conoscendomi e considerando la mia insaziabile sete di sapere, era solo una questione di tempo.

Matt si guardò intorno osservando la mia elegante dimora. Era evidente che stesse pensando: perché mai dovrebbe servirle una borsa di studio? Ma non disse nulla. Nonostante il nostro primo incontro non fosse stato dei migliori, era una persona gentile, proprio come doveva essere stata sua madre. «Biologia. Biologia marina, per l'esattezza» disse. Decisamente non era la risposta che mi sarei aspettata.

Vedendo la mia espressione confusa, si affrettò a spiegare: «Lo so, sembra strano per una senatrice, vero? Ma erano gli anni Settanta: io ero appena nato e mio padre pretendeva che mia madre stesse a casa a occuparsi di me. Penso che lei non ne fosse soddisfatta - e infatti alla fine ha chiesto il divorzio -, ma nel frattempo aveva iniziato a interessarsi al movimento Save the Whales. Fu la sua primissima esperienza di attivismo politico e ne rimase affascinata.»

Fece una pausa e bevve un altro sorso di Earl Grey prima di continuare: «Per questo è rimasta tutta sola in quella casa enorme per tutti questi anni: non voleva lasciare l'oceano e tutto ciò che esso significava per lei. Suppongo di aver preso un po' da lei perché quando mi sono trasferito a Chicago ho scelto una casa affacciata su lago Michigan. E tutt'ora non riesco a immaginare di vivere in una casa, guardare fuori dalla finestra e vedere qualcosa che non sia una vasta distesa d'acqua.»

«Quindi sua madre voleva portare avanti il proprio impegno per la salvaguardia delle balene attraverso l'istituzione di una borsa di studio» riassunsi con un sorriso sognante. «Che bel pensiero.»

Si udì nuovamente bussare alla porta, questa volta un suono veloce e leggero.

«Arrivo!» gridai balzando in piedi e strillando di gioia quando vidi la figura della nonna attraverso il vetro colorato.

«Eccomi qui» disse lei entrando. Indossava galosce verde acceso e un paio di leggings decorati da arcobaleni, abbinati a una vecchia maglietta ormai scolorita a causa dei troppi lavaggi. «Ora dimmi tutto su questi gatti che parlano per indo-vinelli!»

Mi voltai verso Matt con un'espressione divertita: «Si tratta di un libro che stiamo leggendo insieme» mi affrettai a spiegare. I libri erano sempre un'ottima scusa perché poca gente voleva approfondire la questione. Un fatto triste, ma molto comodo. «In ogni caso, le presento mia nonna. Nonna, lui è Matt, il figlio della senatrice Harlow.»

«Oh, povero caro!» disse la nonna fiondandosi a sedersi accanto a lui e appoggiandogli il dorso della mano sulla fronte. «Come si sente?»

«Bene» rispose Matt con un tono che la fece sembrare più una domanda che una risposta.

«Ho sempre votato per sua madre» dichiarò con orgoglio la nonna. «Non ci sarà mai nessuno come lei.»

Matt sollevò la tazza: «A mia madre.»

Tornai a sedermi sulla poltrona di fronte a loro:

«Matt mi stava giusto raccontando alcune cose su sua madre. E io mi sono offerta di badare ai gatti della senatrice mentre lui finisce di occuparsi di sistemare la casa e tutto il resto.»

«Gatti e opinioni non sono mai troppi!» commentò la nonna annuendo con una risatina. Non ero d'accordo su nessuna delle due cose, ma decisi di lasciar correre.

Matt bevve un altro lungo sorso di tè, poi posò la tazza vuota sul tavolino. «Sarà meglio che vada» disse alzandosi in piedi. «Grazie ancora per l'ospitalità e per le belle parole su mia madre.»

La nonna si alzò a sua volta e lo abbracciò stretto. Sembrava minuscola di fianco a quell'omone grande e grosso. Ma si capiva che lui aveva apprezzato il gesto.

Quando la nonna lo lasciò andare, mi alzai e lo accompagnai alla porta: «Mi faccia sapere quando preferisce che venga a prendere i gatti» dissi soffermandomi sulla soglia.

«Oh, giusto!» disse lui con un tono che faceva supporre che se ne fosse già dimenticato—o forse fingeva di averlo dimenticato dopo la sceneggiata di Gattavius. «È sicura che non sia un fastidio eccessivo?»

«Sicurissima!» dissi, forse un po' troppo precipitosamente. La verità era che avevo davvero bisogno di quei gatti: avevano le risposte per risolvere l'omicidio e non vedevo l'ora di scoprire cosa avrebbero detto. «Forse potrei venire da lei ora? Sa, per dargli un po' di tempo per adattarsi al nuovo ambiente prima che faccia buio.»

Non potevo correre il rischio che cambiasse idea e, ora che era arrivata, la nonna avrebbe potuto aiutarmi a far tornare il buonumore a Gattavius abbastanza perché si rendesse utile. Anche se avrei dovuto essere io la sua migliore amica, era evidente che il felino preferiva la sua compagnia alla mia. Mi sforzai di non sentirmi ferita.

Matt inarcò le sopracciglia, che si unirono mentre mi osservava: «È sicura di esserne sicura?»

«Più si è, meglio è!» dichiarò la nonna facendo scivolare un braccio attorno alla vita di entrambi e attirandoci più vicini a sé. «Ora andiamo a prendere i nostri ospiti!»

Matt non disse altro mentre uscivamo tutti e tre sul portico. Mi guardai intorno ma non vidi altre auto oltre alla coupé sportiva della nonna—il che significava che Matt aveva attraversato il bosco per venire a farmi visita.

E anche se era risultato un'ottima compagnia per il tè pomeridiano, la cosa non mi piaceva per niente. Il fatto che si sentisse a suo agio a girovagare nel bosco dopo lo spavento reciproco di quella notte significava che sarebbe stato disposto ad addentrarvisi di nuovo con il favore delle tenebre?

Forse, in fin dei conti, non ero al sicuro come speravo.

13

Appena giungemmo a Harlow Manor, Matt si scusò e si allontanò per rispondere a una telefonata, lasciando a me e alla nonna il compito di localizzare e acchiappare i gatti. Nonostante i nostri sforzi, impiegammo quasi un'ora per trovare Jacques e Jillianne, acchiapparli e tornare a casa. Sembravano tanto abili a nascondersi quanto lo erano a inventare indovinelli. Così, per non rischiare di lasciarceli sfuggire di nuovo, io e la nonna li portammo direttamente nella stanza che avevo scelto come mia futura biblioteca e ci accertammo di chiudere bene la porta prima di lasciarli uscire dai trasportini.

Portai con noi anche Gattavius; i graffi sulle mie

braccia erano la dimostrazione che non era molto contento di trovarsi lì.

«Mi oppongo!» strillò scagliandosi contro la porta chiusa, in segno di protesta.

«Taci o ti darò io un qualcosa su cui obiettare!» Non avevo idea di come avrei potuto concretizzare quella minaccia a vuoto, ma per fortuna funzionò.

«Vieni qui bel gattino!» lo chiamò la nonna tamburellando con le dita sul parquet, dove entrambe eravamo sedute a gambe incrociate.

Gattavius detestava essere chiamato gattino, ma adorava la nonna: così si diresse lentamente verso di lei e le si arrampicò in grembo. Lei iniziò subito a coccolarlo facendogli i grattini nel punto che gli piaceva di più, proprio sotto il mento. Vedevo la sua rabbia sciogliersi e svanire. Grazie al cielo!

«Vediamo di darci una mossa» disse, lanciandomi un'occhiata sconfortata. Per fortuna ero abituata alle sue sceneggiate e alla disapprovazione costante, perciò non sarebbe bastato questo a mandare a monte i miei piani.

I due Sphynx si erano rifugiati in un angolo della stanza e rabbrividivano accanto al condotto dell'aria condizionata. Avevano un aspetto così avvilito che mi sentivo male all'idea di averli confinati lì. Ma avevano le informazioni che ci servivano. E poi avevano deciso loro di andarsi a sedere proprio nel punto in cui il fiotto d'aria fredda si riversava nella stanza.

Il più piccolo dei due emise un miagolio roco e Gattavius sospirò. Seguendo il suo suggerimento, feci del mio meglio per rendere la conversazione più veloce e indolore possibile, se non per lui almeno per i nostri ospiti.

«Cominciamo!» disse la nonna con gli occhi scintillanti per l'emozione. «Non vedo l'ora di risolvere gli indovinelli!» Quella mattina, al telefono, le avevo raccontato tutto e ora era carica e pronta a entrare in azione.

«Ok.» Fissai Gattavius, che evitò il mio sguardo. «Gattavius» dissi per attirare la sua attenzione. «Se vuoi sbrigartela in fretta devi concentrarti.»

Si voltò verso di me con le orecchie appiattite sul capo e il pelo ritto sulla coda: «E va bene. Cosa vuoi che chieda ai due prodigi privi di pelo?»

«Chiedi loro chi ha ucciso la loro umana» dissi con lo stesso atteggiamento insofferente che avevo perfezionato da adolescente.

La nonna si lasciò andare a una risatina gioiosa; Gattavius rimase seduto in braccio a lei e prese a strillare rivolto agli Sphynx.

I due gatti rimasero rintanati nel loro angolino buio, come se fossero incollati lì. Lo scambio

richiese molto più tempo di quanto era mai accaduto con Yo-Yo, lo Yorkshire Terrier testimone
oculare del nostro ultimo caso, e iniziai a
sentirmi annoiata mano a mano che i minuti
passavano senza che trovassimo una risposta ai
miei quesiti.

Poi all'improvviso Gattavius mi fissò negli occhi
torcendo le vibrisse. Non sembrava affatto contento.
«Lo sapevo!» gridò. «Mi hai accusato di specismo, ma
il mio istinto non sbaglia!»

«Che vuoi dire?» chiesi strofinandomi le gambe
ormai formicolanti.

La nonna guardò Gattavius in totale ammirazione
mentre lui rivelava: «Sono stati loro a uccidere la
senatrice!»

«Oh, andiamo!» gridai. Voleva davvero ricominciare con quella storia?

Ma lui continuò risolutamente a insistere sulla
colpevolezza dei felini: «Dico sul serio. Lo hanno
ammesso proprio ora.»

«Davvero? Dimmi che cosa hanno detto» pretesi,
desiderando di non dover fare affidamento su di lui
come traduttore quando i suoi pregiudizi erano così
evidenti.

«Sarebbe molto più semplice se mi credessi sulla
parola, sai? Ma va bene.» Sospirò e ripeté l'indovi-

nello: «'È probabile che la rivelazione ti sciocchi, ma i colpevoli sono proprio davanti ai tuoi occhi.'»

Naturalmente aveva ragione. La risposta era ovvia, ma...

«Non è nemmeno un indovinello!» commentai cupa. «È solo una rima.»

«Accidenti, hai appena ottenuto una confessione - e anche piuttosto diretta, considerando con chi hai a che fare. Che altro ti serve?»

«Poni la domanda in un altro modo» gli intimai. Poi, a bassa voce, aggiornai la nonna mentre Gattavius riprendeva a parlare con gli Sphynx.

Passarono parecchi altri minuti prima che il tigrato si rivolgesse di nuovo a me: «Ok, Angela. Hanno detto: 'La prima volta non ci hai creduto, ma sai già chi è il responsabile dell'accaduto'.»

Gattavius sbatté con forza la coda contro le gambe della nonna e lei smise di colpo di accarezzarlo. «Sei soddisfatta ora?» chiese allargando gli occhi.

«Non molto» risposi con suo gran scontento. «Hanno detto che lo sappiamo già, ma io ho un intero elenco di sospettati. Potrebbe essere stato il signor Thompson, o Matt, o perfino l'agente Bouchard.»

«O potrebbero essere stati i due stramboidi che hanno appena confessato» sbraitò, scoccando loro un'occhiata glaciale seguita da un soffio.

«Che cosa ne pensi, nonna?» chiesi dopo averle riferito quell'ultima parte della conversazione.

«Caspiterina!» gemette lei, massaggiandosi le tempie con piccoli movimenti circolari. «Non sono mai stata brava con gli indovinelli. Entrambe le interpretazioni potrebbero essere corrette.»

Mi mordicchiai il labbro inferiore mentre pensavo a come procedere: «Ok, facciamo così» dissi aspettando che Gattavius tornasse a rivolgermi l'attenzione. «Chiedi loro come l'hanno uccisa. Non come è morta, cosa hanno fatto loro per ucciderla.»

«Lo sappiamo già» rispose lui con un tono condiscendente fino all'esasperazione.

Agitai il pugno verso di lui brontolando; ciò lo convinse a collaborare ancora.

Quando mi riferì le parole degli Sphynx, lo fece in tono piatto e senza commenti: «'La risposta si può trovare su ciò che scende e al contempo sale.'»

«Le scale!» dissi ricordando un indovinello risalente ai tempi della scuola. «Ok, ma questo ci dice dove. A noi serve sapere come.»

Gattavius gesticolò con la zampa nella mia direzione: «Sei insopportabile, lo sai?»

Mi rendevo conto che la sua pazienza era appesa a un filo sempre più sottile—e anche la mia, se è per questo—ma non avevamo ancora finito. «Accidenti, chiediglielo e basta» esplosi. Era stato un errore pensare che il suo affetto per la senatrice lo avrebbe reso più collaborativo questa volta. Invece per tutto quel tempo aveva avuto la convinzione di aver già risolto il caso da solo. Che bisogno poteva mai esserci di fatti e testimoni quando avevi un ego grande quanto l'intero Stato del Maine?

Gattavius mugugnò e disse: «Mi devi un favore. Un favore immenso!»

«Più dell'ultimo? Hai preteso niente meno che una villa!» risposi di scatto, rifiutandomi di darla vinta al mio gatto... di nuovo.

Lui alzò gli occhi al cielo ma rivelò l'indovinello successivo senza protestare: «'È caduta così com'è vissuta, con passo sicuro e cuore puro.'»

«Mi sembra che mi stiano solo rigirando le domande. Ci vorrà un'eternità» gemetti risistemandomi sullo scomodo pavimento. Non vedevo l'ora di riempire quella stanza con mobili confortevoli e mensole a parete intera ricolme di libri. Mi sarei sistemata sulla comoda seduta del bovindo per questa chiacchierata se la nonna non si fosse sistemata subito sul pavimento. Considerando che avevo oltre quarantacinque anni in meno di lei, non avrebbe dovuto essere così terribile.

La nonna mi appoggiò una mano sul ginocchio:

«Tesoro, se ti fidi del tuo gatto, lascia che sia lui a parlare. Sarà più facile per tutti.»

Se ti fidi di lui. Era un grande 'se'. Colossale.

Era evidente che Gattavius avesse già deciso chi fosse il colpevole prima ancora di sentire un solo dettaglio sulla morte di Lou Harlow. Tuttavia, non potevo negare che gli Sphynx, a modo loro, sembravano aver confessato.

«Hai ragione» dissi alla nonna con un piccolo sorriso. Poi mi rivolsi a Gattavius: «Non c'è bisogno che tu traduca. Parla con loro, poi mi riferirai più tardi.»

Mi rivolse un'occhiata stanca poi saltò giù dal grembo della nonna e raggiunse i due gatti senza pelo nell'angolo della stanza. Dopo vari minuti di miagolii trotterellò indietro e riprese posto in braccio alla nonna.

«Sono stati loro. L'hanno uccisa facendola inciampare sulle scale. Sono pentiti e si sentono malissimo per ciò che hanno fatto. Per quanto io li disprezzi, non sembrano averlo fatto di proposito, ma chi può dirlo?»

«Grazie» mormorai. Il fatto che lasciasse aperta qualche possibilità mi faceva sentire un po' meglio. Prima era certo che avessero assassinato la loro proprietaria a sangue freddo, mentre ora aveva detto che si era trattato di un incidente. Era possibile che quell'indagine fosse un completo buco nell'acqua? Il mio istinto si era sbagliato così tanto? Con l'esperienza sarei dovuta migliorare, non peggiorare.

Proprio in quel momento il cellulare iniziò a vibrare. Lo estrassi dalla tasca e lessi il nuovo messaggio in arrivo da mia madre: 'La polizia ha stabilito che si è trattato di un incidente. Sto arrivando'.

Passai il telefono alla nonna in modo che anche lei potesse leggere il messaggio.

«Ma tu non credi che sia così» disse la nonna appoggiando Gattavius a terra in modo da potersi rialzare, cosa che fece con un unico movimento fluido.

Faticosamente mi alzai anch'io, in modo molto meno aggraziato. «Non so più cosa credere» ammisi. Gli ultimi due giorni erano stati frenetici e pieni di eventi, dal trasloco all'indagine e tutto il resto. Ero esausta, fisicamente e psicologicamente. Era possibile che vedessi indizi dove non ne esistevano?

Ma mi bastò un'occhiata per capire che anche la nonna non si era ancora arresa.

E questo era sufficiente per farmi andare avanti.

14

Mia madre arrivò circa dieci minuti più tardi. È una caratteristica delle città piccole come Glendale: non ci vuole mai molto per arrivare a destinazione. Ora che abitavo nel lussuoso quartiere est mi trovavo in una zona più tranquilla e lontana dal centro, ma il traffico in città era comunque scarso e si arrivava in breve tempo ovunque.

La nonna si avviò verso l'ingresso per farla entrare, cosa di cui mia madre non sembrò felice.

«Angie?» mi chiamò mia madre entrando a passo di marcia in salotto, dove mi trovò seduta, intenta a consultare il cellulare. «Che cosa ci fa lei qui?»

Non molto cortese da parte sua, ma anche lei e la nonna preferivano godere della compagnia reciproca a piccole dosi. A quanto pareva, nella mia famiglia la tipologia di personalità saltava sempre una generazione, quindi, se un giorno avessi avuto una figlia, mi sarei ritrovata ad aver a che fare con una ragazzina estremamente loquace e ambiziosa. Io e la nonna condividevamo il gene della stramberia, cosa che a me andava benissimo.

«Parlavamo della morte della senatrice» risposi, avvilita nel vedere gli angoli della bocca di mia madre precipitare ancora più in basso.

«Pensavo stessimo lavorando al caso insieme» disse. La sua consueta sicurezza appariva messa a dura prova. Lanciò un'occhiata verso la porta, come se stesse valutando la possibilità di fuggire.

«Infatti era così» dissi con dolcezza, detestandomi per aver ferito nuovamente i suoi sentimenti. «Cioè, lo stiamo facendo, ma...»

La nonna oltrepassò mia madre e si accomodò sul divano: «Oh, ora piantala, Laura Jean! Ci siamo dentro tutte insieme, ok?» Diede qualche colpetto sul divano accanto a sé facendo cenno a mamma di unirsi a noi.

«Infatti» dissi, abbracciando rapidamente mia madre nel tentativo di risollevarle il morale. «E poi la nonna non è qui da molto, vero?»

«Già» rispose la nonna facendomi l'occhiolino, cosa che dubito fosse sfuggita a mia madre. Sigh.

«Bene» disse mamma scuotendo il capo e poi facendolo dondolare da un lato all'altro, un tic che aveva fin da quando ero bambina—o almeno, così mi era stato detto. «Visto che faccio ancora parte del club, ho alcune notizie da darvi.»

Frugò nella borsa e ne estrasse un blocco per appunti. «Innanzitutto, hanno stabilito che si è trattato di un incidente. Pensano che la senatrice avesse bevuto un po' troppo a una raccolta fondi e che si sia inciampata, cadendo così dalle scale.»

Inciampata sui suoi gatti, pensai. Ma non dissi nulla. Non mi sentivo ancora pronta a conversare con Gattavius davanti a mia madre e non volevo suscitare domande che avrebbero richiesto di farlo, o di essere costretta a dirle di no quando era già più che evidente che avevo ferito i suoi sentimenti.

«Il parente più prossimo è arrivato ieri sera» continuò lei. «Matthew Harlow, addetto alle vendite, divorziato, residente a Chicago.»

Annuii senza proferire parola.

«La contea ha assegnato un agente addetto al controllo della scena del crimine quando Matthew Harlow non è in casa» continuò mia madre.

«Un agente? Perché?» Ricordai di aver visto

l'agente Bouchard il pomeriggio precedente, e quanto ciò fosse parso inconsueto. Tuttavia quella mattina, quando ero passata, non c'era nessuno, ad eccezione di Brock, il tuttofare.

Mia madre posò il blocco per appunti e mi fissò negli occhi: «Perché la senatrice era una persona importante e temono che qualcuno possa intrufolarsi nella proprietà per rubare. Di certo non aiuta il fatto che si tratti di una delle tenute più eleganti di Glendale.»

Mi scoccò un'occhiata eloquente. Proprio come la tua. Seppur silenzioso, il messaggio mi giunse forte e chiaro.

«Quindi ora che si fa?» chiesi mentre una sensazione di delusione ormai familiare mi cresceva dentro. Avrei dovuto essere lieta che il caso fosse stato risolto, ma qualcosa non quadrava. «Caso chiuso?»

«Ah!» strillò mamma. «Non direi proprio! Possono dire finché vogliono che si è trattato di un incidente, ma io so che c'è sotto qualcosa di losco.»

Le rivolsi un ampio sorriso e le diedi il cinque. Ero lieta che fossimo d'accordo su un fatto così importante.

«E quando la polizia non fa il proprio dovere, è compito dei reporter scoprire la verità. Giusto, cara?» disse la nonna con un sorriso conciliante.

«Giusto!» disse mamma, anche se ora appariva meno sicura di sé.

«Sono d'accordo» dissi afferrando il cellulare e porgendolo a mia madre. «Ecco i miei appunti. Ho qualcosa da aggiungere dopo la chiacchierata con Matt di oggi pomeriggio.»

«Hai parlato con Matt? Senza di me?» Mamma scosse il capo senza staccare gli occhi dal telefono, ma sapevo di aver ferito di nuovo i suoi sentimenti.

«Mi dispiace, mamma.» Ed ero sincera. Dovevo impegnarmi di più nel nostro rapporto, ora che avevamo iniziato a trascorrere più tempo insieme e che finalmente condividevamo qualcosa. «Non era in programma.»

«Si è imbattuta in lui nel bosco ieri sera» disse la nonna chinandosi in avanti e congiungendo le mani.

«Nonna!» gemetti. «Potresti smetterla?»

Aggiornai mia madre su tutti gli avvenimenti che si era persa nelle ultime trentasei ore. «Scusami per non averti telefonato. È successo tutto così in fretta» conclusi.

«Grazie per le informazioni» disse, in tono un po' troppo cordiale per i miei gusti. «Ma ora credo proprio di dover scappare. Ciao mamma» disse rivolta alla nonna, che rimase seduta al proprio posto mentre io accompagnavo mia madre alla porta e la salutavo.

«Perché ti comporti così?» le chiesi quando fui di ritorno. «Lo sai che le dà fastidio.»

«È proprio per questo che lo faccio» disse la nonna con un'alzata di spalle.

La fissai con le mani sui fianchi.

«E allora? Lei si comporta allo stesso modo con te!» insistette la nonna. E su questo aveva ragione.

«Forse dovremmo impegnarci tutte un po' di più per andare d'accordo.» Mi lasciai cadere su una sedia con un sospiro. «Voglio dire, siamo tutte adulte.»

«Se lo dici tu.»

«Fantastico.» Ora che l'avevo rimproverata, era tempo di passare a un'altra questione: «Allora resti a dormire qui?»

Un'espressione dispettosa balenò sul volto della nonna, che scoppiò a ridere e mi chiese: «Per proteggerti dai mostri annidati sotto al letto?»

Mi limitai a fissarla. Mi rifiutavo di abboccare a quel giochetto. «Sai benissimo perché.»

«E va bene» disse lei annuendo pensierosa, con un'espressione cupa. «Dovevo togliermi quest'ultima soddisfazione. Prometto che mi comporterò bene d'ora in poi.»

«E passerai la notte qui?» chiesi senza tentare di dissimulare quanto ciò fosse importante per me.

Lei annuì: «Sì.»

Feci un gran sospiro di sollievo e proprio allora Gattavius ricomparve dal luogo in cui si era rifugiato durante la visita di mia madre, qualunque esso fosse. Supponevo che non l'avesse ancora perdonata per l'incidente con la tazza da tè del giorno prima.

«Ehi. Dico a te! Cos'hai intenzione di fare dei due assassini che hai invitato a vivere con noi?»

«Oh, Jacques e Jillianne!» strillai. «Immagino che dovrei lasciarli uscire dalla biblioteca ora. Che c'è?»

Gattavius indietreggiò e strizzò gi occhi rabbiosamente, l'espressione che mi sarei aspettata se avessi osato punirlo spruzzandogli addosso dell'acqua. In ogni caso, non l'avrei fatto per nulla al mondo, soprattutto ora che sapevo che avrebbe potuto farmi fuori con facilità, se solo gliene fosse venuta voglia.

«Assolutamente no!» disse con enfasi.

«Ma hai detto che si è trattato di un incidente» gli ricordai, faticando per rialzarmi in piedi.

Gattavius sbatteva la coda a una velocità tale da sembrare uno di quei giganteschi pupazzoni dondolanti che talvolta si vendono davanti ai concessionari di automobili. «Sì, e vuoi davvero rischiare che accidentalmente facciano fuori anche te? Hai una vita sola, giusto?»

«Ok, hai ragione.» Questa volta aveva ragione lui. Per quanto provassi pena per gli Sphynx, quel giorno non avevo nessuna intenzione di tirare le cuoia.

La nonna ci osservava deliziata, anche se riusciva a comprendere solo parte della conversazione: «Se quei gatti resteranno qui, dovremmo portargli dell'acqua e del cibo. E la lettiera» aggiunse.

«Giusto.» Erano nostri ospiti: metterli un po' più a proprio agio era il minimo che potessi fare. «Gattavius, dove abbiamo messo la tua cassetta igienica di riserva?»

«Oh, no. Non se ne parla! Di sicuro ti stai prendendo gioco di me. Tu prova soltanto a dare la mia cassetta a quei due e io ti garantisco che userò il tuo letto per fare i bisognini per il resto della mia vita!» Ok, non era esattamente ciò che desideravo, ma mi sembrava del tutto inutile andare al negozio per animali a comprare una lettiera nuova quando in casa avevamo già tutto il necessario.

Sospirai e gli posi una domanda di cui quasi sicuramente mi sarei pentita: «Che cosa vuoi che faccia?»

«Voglio che tu li rispedisca a casa loro. Non mi piace averli qui.» Rimase in piedi tra me e le scale, il corpo teso.

«Ma non vuoi scoprire chi ha ucciso la senatrice?» chiesi avvicinandomi.

«Ehi, sveglia! Sappiamo già chi è stato!»

Ci pensai su. Forse c'era un modo per convincerlo... «Allora non dovremmo tenerli rinchiusi finché... ehm... non ci sarà il processo?» Era un tentativo disperato, me ne rendevo conto. Non avevo idea di come si facesse giustizia nel mondo animale; tuttavia, Gattavius era un grande appassionato di serie TV poliziesche. Speravo che far leva sulla sua passione per avvocati e tribunali lo avrebbe convinto a vedere le cose dalla mia prospettiva.

«Oh Angela, hai assolutamente ragione!» disse, come se quella possibilità lo sconvolgesse nel profondo. «Vado a fare la guardia.»

«Li terrà d'occhio» spiegai alla nonna, chiedendomi come fossi riuscita ad aggiungere 'guardia carceraria per felini' al mio curriculum e se mai questa nuova qualifica sarebbe potuta risultare utile.

Beh, se non altro avevo trovato il modo di tenere occupato Gattavius.

Per ora.

15

La presenza della nonna mi aiutò a dormire meglio. Avevo chiuso a chiave lo stesso la porta della mia camera, ma almeno avevo fatto qualche progresso nel sentirmi a casa in quella gigantesca villa. Presto avrei finito di disfare gli scatoloni, la nonna si sarebbe trasferita ufficialmente con tutti i suoi vecchi ninnoli colorati che mi ricordavano la mia infanzia e forse saremmo anche riuscite a scovare l'assassino della senatrice Harlow.

Ultimamente quello era il mio sogno ricorrente—almeno fra quelli più folli.

Sentendomi splendidamente riposata, quella mattina fui svegliata dal profumo più delizioso dell'intera storia umana.

Caffè!

Scendendo gli scalini due alla volta mi precipitai in cucina, dove trovai la mia adorata nonnina con un grembiule a pois legato al vitino da vespa e un'enorme caraffa di caffè fumante in mano.

«Buongiorno» trillò.

Avrei voluto stringerla in un abbraccio senza fine, ma temevo di rovesciare il caffè. Nella fretta di preparare tutto in tempo per il trasloco, non mi ero soffermata a pensare a cosa avrebbe comportato vivere con la nonna. Che problema c'era se ero terrorizzata dalle macchine per il caffè, dopo che una di esse mi aveva quasi uccisa? Bramavo ancora quella deliziosa bevanda ristoratrice e ora, grazie alla nonna, avrei potuto berla ogni mattina.

«Grazie grazie grazie!!!» strillai mentre lei prendeva la mia tazza *crazy cat lady* appena lavata e la riempiva. «Dove hai trovato una macchina per il caffè?» chiesi dopo un primo sorso che mi portò dritta in paradiso.

«Ho portato la mia» mi spiegò, chinandosi per controllare qualcosa che cuoceva nel forno. Inizialmente non avevo percepito altro che l'aroma inebriante del caffè, ma ora che mi ero data una calmata, si era fatto strada anche il profumo di pane alla banana.

«Hai ancora paura di usarla, vero?» La nonna si

voltò verso di me con un ampio sorriso. Era sempre stata mattiniera. Io invece non molto.

Annuii, troppo felice per sentirmi in imbarazzo, mentre gustavo un altro appagante sorso di quella pozione magica.

«Allora mi occuperò io della colazione d'ora in poi» dichiarò, continuando a muoversi qua e là per la cucina come se ne fosse la padrona. Beh, in un certo senso lo era.

«Ehi» dissi dopo aver assunto abbastanza caffeina da attivare il cervello. «Dove hai dormito stanotte?» Avevo fatto portare via tutto dalla vecchia camera di Ethel e la nonna non aveva ancora portato qui la sua roba, letto incluso.

«Ho condiviso la stanza con i nostri ospiti senza pelo» disse, gli occhi che scintillavano mentre mi strizzava con delicatezza il braccio. «Il posticino accanto alla finestra è comodissimo!»

«Nonna!» la rimproverai. «Non dovresti dormire lì.»

Spazzò via le mie preoccupazioni agitando uno strofinaccio nella mia direzione: «Ho dormito benissimo.»

«In ogni caso, dovrò chiamare qualcuno per far portare qui almeno il tuo letto.» Mi scolai il resto del caffè mentre ci riflettevo.

«Oh, potrei chiedere a Brock» realizzai man mano che il cervello ingranava. «Dovrebbe passare oggi per farmi un preventivo per qualche lavoretto di rinnovo. Sono certa che sarebbe lieto di portare qui tutto ciò che ti serve con il furgone.»

All'improvviso mi venne in mente un'altra cosa di cui non avevamo ancora parlato: «Ieri quando l'ho incontrato mi ha detto che hai ricevuto un'offerta per la casa...»

La nonna gongolò a quell'osservazione: «È vero. E non indovinerai mai da parte di chi!»

Di solito non mi piacevano gli indovinelli, ma ero così felice per il caffè che decisi di stare al gioco: «Mamma e papà?»

«Nah! Non lascerebbero mai la loro casa sulla baia. Riprovaci.» Strofinò distrattamente il bancone mentre mi guardava lambiccarmi il cervello in cerca di una risposta.

«Qualcuno che veniva a scuola con me?» Non mi veniva in mente nessuno che conoscessi che stesse cercando casa, perciò ero piuttosto confusa.

La nonna sorrise e scosse il capo: «No, ma è qualcuno che conosciamo entrambe. Qualcuno di piuttosto affascinante.»

Mi appoggiai al bancone della cucina, la tazza

ancora in mano: «Mmm.» La nonna flirtava spudorata-
mente con tutti e, in base alla mia ultima stima, trovava
affascinanti almeno metà degli uomini della città. Di
recente l'agente Bouchard, di gran lunga più giovane di
lei, aveva suscitato il suo interesse, ma non mi sembrava
il tipo che avrebbe potuto apprezzare un'accogliente
casetta retrò in un quartiere senza vista sul mare.

Incapace di trattenersi ancora, la nonna svelò la
grande notizia: «Ma come?! Dai! Si tratta del nostro
caro Charles!»

Risi a quella che pensai fosse una battuta, ma lei
continuò a fissarmi con espressione sincera. «Aspetta.
Dici sul serio?» strillai.

Lei annuì entusiasta e fece una piccola giravolta
per la gioia: «Mai stata più seria. Ha detto che era
arrivato il momento di sistemarsi, ora che frequenta
qualcuno.»

«Nonna, è una splendida notizia!» gridai, mettendomi a ballare con lei per la gioia. «E visto che siamo
amici, potrai tornare a dare un'occhiata alla tua
vecchia casa di tanto in tanto.»

«Oh, ci conto» disse, gli occhi accesi da uno scintillio malizioso mentre passava a un veloce foxtrot
che non avevo la minima speranza di riuscire a
emulare. «Un lieto fine per tutti.»

Un leggero bussare alla porta d'ingresso attirò l'attenzione di entrambe.

«Vado io» dissi alla nonna appoggiandole una mano sulla spalla mentre si fermava. «Tu stai qui a tenere d'occhio il pane alla banana. Ne voglio un pezzo appena lo sforni.»

«Signorsì signora» disse facendomi un saluto militare senza che ne comprendessi il perché. Ma se avessi capito anche solo la metà delle cose che faceva, sarebbe già stato un ottimo risultato. E quella giornata era iniziata bene.

Mi diressi nell'ingresso scalza, ancora spettinata dopo la nottata e con una tazza di caffè mezza piena in mano. Quando riconobbi la persona dall'altro lato del pannello di vetro colorato, quasi mi si fermò il cuore. Beh, non letteralmente, ma quasi, considerando il panico che provai in quel momento.

Purtroppo, Brock mi vide prima che riuscissi a svignarmela e mi rivolse un cenno di saluto con la mano. Non avevo possibilità di fuga. *Diamine*!

Mi girai di spalle e mi strofinai gli occhi nella speranza di scacciare l'aria assonnata, poi sfoderai il mio miglior sorriso a bocca sigillata e aprii la porta: «Buongiorno.»

«Spero che non sia troppo presto» disse lui, squadrandomi dalla testa ai piedi come per valutare i pantaloncini del pigiama rosa shocking e la canotta dalle spalline sottili.

«No, sei in perfetto orario. Accomodati. Nonna!» chiamai rivolta verso la cucina. «C'è Brock. Andiamo di sopra.»

«Sì, capo» strillò lei.

Brock aggrottò le sopracciglia e premette la mano sul corrimano delle scale, bloccandosi lì. «Sì, ascolta... potresti non chiamarmi più Brock?»

Quella richiesta mi sorprese così tanto che dimenticai il proposito di tenere la bocca chiusa finché non avessi avuto modo di lavarmi i denti: «Cosa? E perché no? Non è forse il tuo nome?»

Lui risucchiò l'aria fra i denti, poi disse: «Sì, ma ormai il mio nome è talmente associato al caso Hayes che mi sento in imbarazzo ogni volta che qualcuno lo pronuncia.»

Lo capivo. Era stato accusato ingiustamente di doppio omicidio e per mesi tutti a Glendale erano stati certi della sua colpevolezza. Non potevo biasimarlo se era in cerca di un nuovo inizio dopo quella faccenda.

«Oh, ma certo. E come dovrei chiamarti?» chiesi con un altro sorriso a bocca sigillata.

Emise un gran sospiro di sollievo: «Che ne dici di Cal? È l'abbreviazione di Calhoun, quindi di fatto è ancora il mio nome, ma non è marchiato dall'onta.»

«Vada per Cal allora» dissi facendo un goffo schiocco e puntandogli contro le dita mimando una pistola. Un'idea stupida.

Ma lui sembrò trovarlo divertente, perché scoppiò a ridere: «Grazie, Ang.»

Salimmo le scale e raggiungemmo la stanza che fungeva da prigione per gatti improvvisata, in attesa di trasformarsi nella mia futura biblioteca. Gattavius era in piedi davanti alla porta con l'aria di uno che non ha chiuso occhio per tutta la notte, l'equivalente di varie notti in bianco per un umano. Rabbrividii al pensiero di quanto sarebbe stato scontroso finché gli Sphynx non fossero stati rilasciati, o almeno trasferiti in un altro carcere.

«Vai a dormire un po'» gli dissi con la vocina stucchevole che solitamente la gente utilizza con i propri animali domestici—gente normale con gatti normali, intendo.

Lui sbadigliò e si trascinò via con passo malfermo.

Feci attenzione a non lasciar uscire gli Sphynx mentre entravamo, poi mi rivolsi a Brock e iniziai a spiegare: «Questa è la mia stanza preferita. Vorrei installare delle mensole a parete, risistemare il parquet e aggiungere delle luci per trasformarla in una biblioteca. Che ne pensi?»

«Sembra proprio la stanza perfetta per farlo» disse muovendosi lentamente in cerchio al centro della stanza per osservarla meglio. «Ehi, ma quelli non sono i gatti della senatrice?» chiese quando vide Jacques e Jillianne rabbrividire nel loro angolino gelido.

«È una lunga storia» dissi tornando verso la porta. «Potresti iniziare a prendere qualche misura? Torno subito.»

Lui fece un cenno affermativo con il capo; chiusi in tutta fretta la porta alle mie spalle e mi fiondai in bagno per spazzolarmi i capelli e lavarmi i denti. Mi spruzzai anche un po' di acqua fredda sul viso, ma decisi di non fare altro per non esagerare.

«Non mi ci dovrebbe volere molto per il lavoro che mi hai descritto» mi disse Brock—ops, Cal— quando tornai da lui. Era in piedi accanto al bovindo e osservava il giardino sul retro, magnificamente progettato. Si intravedeva l'oceano dietro le cime degli alberi una vista davvero splendida.

«Ottimo» dissi raggiungendolo accanto alla finestra con un lieve brivido d'eccitazione. Anche con la caffeina in circolo, faticavo a trovare qualcosa da dire trovandomi così vicina a un uomo tanto attraente.

«Quanto verrà a costare? E quando potresti cominciare?»

Cal mi disse una cifra che mi fece venire il mal di stomaco finché non mi spiegò che includeva gli scaffali su misura con cui rivestire le pareti. A quel punto mi sembrava un vero affare! Non riuscivo a credere che quel bellissimo ragazzo mi avrebbe costruito la biblioteca che desideravo tanto. A volte i sogni si avverano.

Concordammo l'affare con una stretta di mano, poi lui disse: «Se per te va bene, potrei cominciare oggi stesso. Come ti dicevo, alla luce di quanto successo di recente la gente non fa esattamente la fila per assumermi.»

«Affare fatto, Cal Calhoun» dissi con un gran sorriso, elettrizzata all'idea di trascorrere altro tempo insieme, in parte perché sarebbe stato lì in caso di pericolo e in parte perché ero attratta da lui. «Io e la nonna resteremo a casa a disfare scatoloni oggi. Fai un fischio se ti serve qualcosa.»

«Ok.»

«Cal? Ancora una cosa.» Avevo bisogno di ripetere quel nomignolo per abituarmici. Più lo dicevo, più mi piaceva. Era semplice e attraente, proprio come lui.

«Sì?» Prese il metro a nastro che aveva portato

con sé e lasciò rientrare in posizione la lunga linguetta gialla.

«Per favore, fai attenzione agli Sphynx. Sono tipetti sfuggenti» dissi utilizzando le stesse parole che l'agente Bouchard mi aveva detto solo un paio di giorni prima.

E con ciò scivolai fuori dalla stanza e raggiunsi di corsa la mia camera in cima alla torretta per cercare l'outfit perfetto caso mai, durante il giorno, mi fossi imbattuta nel ragazzo per cui avevo una cotta.

l cellulare iniziò a suonare con insistenza proprio mentre mi stavo lavando i capelli. Chiusi l'acqua, presi un asciugamano e saltai fuori dalla doccia giusto in tempo per rispondere a Charles prima che la chiamata venisse passata per la seconda volta alla segreteria telefonica.

«Pronto?» dissi, sgocciolando sul freddo pavimento piastrellato. La vecchia finestra cigolò quando la aprii: in quel modo sarebbe entrato almeno un po' di tepore.

«Angie, sono io» disse Charles, come se non avesse idea del fatto che al giorno d'oggi la visualizzazione di nome e numero di chi chiama è una funzione standard su tutti i cellulari.

«Novità?» chiesi stringendomi addosso l'asciugamano. Ovviamente dovevamo conversare mentre ero nuda e bagnata. Tenendo conto di quanto ero fortunata di solito, come minimo sarei scivolata su una delle pozze formatasi a terra, avrei sbattuto la testa e perso conoscenza e Brock—voglio dire, Cal—avrebbe dovuto buttare giù la porta per salvarmi. E magari, già che c'ero, mi sarei risvegliata con un secondo superpotere segreto.

Ok, ora ero nuda, bagnata e in ansia. Muovendomi con cautela, mi sedetti sul bordo della vasca mentre Charles mi spiegava il motivo della chiamata. Se non altro, se fossi caduta da lì non mi sarei fatta troppo male.

«Scusa se non ti ho richiamata ieri.» All'altro capo della linea udii l'inconfondibile rumore di una porta che sbatte. Fece una pausa, poi riprese a parlare: «Thompson si è preso un paio di giorni per lutto.»

«Per la senatrice?» chiesi incredula. Non mi aspettavo un comportamento del genere da parte di un maniaco del lavoro come il mio capo.

«Esattamente» disse Charles, che sembrava sorpreso quanto me. «A quanto pare erano più legati di quanto si potesse immaginare.»

Sussultai rischiando di perdere l'equilibrio e dimenando le braccia per non cadere. «Pensi che avessero una relazione?»

«Oh, avanti» sbottò Charles. «Thompson e la senatrice? Ma dici sul serio?»

«Beh, tutto è possibile» borbottai sulla difensiva.

«Ma non è così che stavano le cose» disse, chiaramente irritato.

Ciò non mi impedì di proseguire con la mia linea di interrogatorio: aveva delle informazioni e mi servivano il prima possibile. «E allora come stavano le cose?» chiesi.

«Sta a sentire » rispose Charles. Me lo immaginai sorridere mentre camminava avanti e indietro nel suo ufficio. Gli piaceva un sacco fare rivelazioni sconvolgenti, tirare fuori la classica pistola fumante. Mi chiedevo se sarebbe stato questo il caso. «La senatrice Harlow aveva intenzione di dimettersi. Stava preparando Thompson per candidarsi alle elezioni come suo successore scelto personalmente.»

«Thompson?!» esclamai. «Ma lui è pessimo a relazionarsi con gli altri.» Non soltanto insisteva a chiamare tutti per cognome, ma spesso criticava me e altri dipendenti in ufficio. Sapevo che lo faceva per proteggere l'ottima reputazione dello studio legale, ma non era piacevole. Il pensiero che venisse eletto come rappresentante del nostro Stato mi diede una stretta allo stomaco.

«Forse» disse Charles, apparentemente riluttante

a parlare male del socio senior. «Ma non si può negare che sia un uomo intelligente e, che tu ci creda o no, lui e la senatrice Harlow condividevano molte opinioni politiche.»

«Tipo quali?» strillai. Non riuscivo a credere a ciò che mi aveva detto.

«Erano amici di lunga data. Si sono conosciuti più di trentacinque anni fa, quando erano entrambi volontari di Save the Whales. Thompson ha detto che sono stati alcuni degli anni migliori della sua vita.»

Di nuovo Save the Whales. Poteva trattarsi di un elemento rilevante? Abbastanza da costare la vita alla senatrice? E in quel caso, Thompson sarebbe stato il prossimo bersaglio?

«Charles?» dissi sapendo di potermi fidare di lui. «Credi che la senatrice possa essere stata assassinata per questioni che hanno a che fare con il suo attivismo a favore dell'ambiente?»

«All'epoca o adesso?» ribatté. La sua mente instancabile era già al lavoro.

«Sia allora che adesso» dissi. «C'è qualcosa di cui sei a conoscenza che potrebbe darci informazioni sul motivo per cui qualcuno avrebbe potuto volerla morta?»

Sospirò: «Sai che la polizia ha concluso che si è trattato di un incidente.»

«Sì, ma io dubito che tu te la sia bevuta.»

«In effetti la situazione è sospetta.» Ci pensò su un istante prima di proseguire. «Quanto ti intendi di politica nazionale?»

«Non molto» ammisi. «Ho fatto qualche ricerca su Google sulla senatrice e sulle notizie che la riguardano, ma non mi è saltato all'occhio nulla.»

Lui sogghignò: «Eccoti un breve riepilogo. La scorsa settimana è stato annunciato che un'importante compagnia petrolifera ha presentato una petizione per la costruzione di un oleodotto. Si tratta solo di una proposta, ma la gente è preoccupata. Questo oleodotto attraverserebbe prevalentemente il nostro stato, eliminando anche una piccola parte di uno dei nostri parchi nazionali.»

Sembrava una cosa orribile. Amavo le bellezze naturali e la vicinanza all'oceano del mio paese, proprio quanto le aveva amate la senatrice. E ora una grande operazione petrolifera rischiava di rovinarne una parte, e per cosa?

«Capisco perché la senatrice non sarebbe stata d'accordo, considerando il suo impegno nei confronti dell'ambiente» dissi a Charles.

«Ci vorrà ancora un pezzo prima che la petizione venga messa ai voti, ma la Big Oil sta facendo molte pressioni per far approvare il progetto. La loro argomentazione principale è che creerebbe posti di lavoro e costituirebbe un'importante fonte energetica locale, riducendo pertanto la dipendenza dall'importazione.» Mi spiegò tutto meticolosamente, senza lasciar minimamente trapelare la sua opinione in proposito. Considerando che era arrivato da poco dalla California, mi ritrovai a chiedermi se stesse dalla parte della Big Oil o del parco nazionale. Per quanto mi riguardava, io non avevo dubbi.

«Ma la senatrice non sarebbe mai stata d'accordo con un progetto che provocasse la distruzione di parte di uno dei nostri parchi nazionali, suppongo.»

«No di certo, anche se si tratterebbe solo di venti chilometri quadrati e la proposta include la costruzione di un nuovo parco protetto più a nord.» Stava facendo l'avvocato del diavolo solo per il gusto di discutere o credeva davvero che l'oleodotto non fosse un disastro incombente?

Gemetti, sempre più frustrata: «Ma che senso ha proteggerlo se basta che arrivi qualcuno con abbastanza soldi per distruggerlo a suo capriccio?»

«Capisco la tua posizione, Angie. Davvero.» Charles sospirò e fece una pausa. «Ma devi sforzarti di capire anche tu: l'equilibrio dei meccanismi politico-istituzionali esiste per un motivo, e funziona. Non si tratta di un capriccio. Affinché la costruzione dell'oleodotto venga approvata, la maggioranza del senato dovrebbe votare a favore. E come sai, Harlow era solo una dei cento senatori.»

Strofinai le dita sul bordo morbido dell'asciugamano. La mia pelle era ormai quasi asciutta, ma i capelli erano bagnati e pieni di shampoo. «Allora perché l'assassino avrebbe eliminato solo lei?» chiesi.

Charles abbassò la voce, facendomi pensare che qualcuno fosse passato davanti alla porta del suo ufficio e, per qualche motivo, lui volesse che quella conversazione restasse fra noi. «Ti ricordo nuovamente che non sappiamo se si è davvero trattato di omicidio. Ma se lo fosse, ci sarebbero molte ragioni per eliminare proprio la senatrice.»

Oh, finalmente. Forse Charles aveva trovato la pistola fumante dopotutto. «Tipo?» chiesi, la curiosità al culmine.

« Innanzitutto, in qualità di uno dei due senatori dello stato in cui l'oleodotto verrebbe costruito, la sua opinione avrebbe avuto un certo peso» iniziò. Fece una pausa poi riprese a parlare a volume normale: «Aggiungici il fatto che aveva salde opinioni conservazioniste, per cui quasi certamente si sarebbe schierata con i Democratici su qualsiasi questione riguardante l'ambiente. Con un senato diviso come il nostro, il suo sarebbe facilmente diventato il voto decisivo sulla questione. O almeno, avrebbe potuto.»

Udii bussare all'altro capo della linea.

«Solo un secondo» gridò Charles. Poi mi disse: «Devo andare.»

«Grazie Charles» risposi. «Mi sei stato di grande aiuto. Mi hai dato molto su cui riflettere.»

«Angie, aspetta.» Fece una pausa. Quando riprese a parlare la sua voce era decisamente più bassa e più seria di prima: «Per favore, stai attenta. Se hai ragione e c'è una cospirazione politica in atto, potresti ritrovarti nella lista dei bersagli. Lascia perdere, ti prego. Lascia che siano le autorità a occuparsene, qualsiasi cosa accada. Ok?»

«Ok» dissi con naturalezza incrociando le dita dietro la schiena. Non volevo farlo preoccupare, ma ormai ero così vicina alla soluzione del caso che non aveva senso tirarsi indietro. «Grazie per aver chiamato. Ci sentiamo.»

Riattaccai prima che potesse ribattere, finii di farmi la doccia, mi vestii e andai a cercare la nonna.

Con un po' di fortuna avremmo risolto la questione entro sera.

E forse, una volta tanto, la fortuna era dalla mia parte.

17

Trascorsi buona parte del pomeriggio a riflettere su chi, tra la gente del posto, avrebbe potuto trarre beneficio dalla costruzione dell'oleodotto. Quanto doveva essere disperata la situazione per considerare l'omicidio una soluzione accettabile per uscirne?

Immaginavo che un disoccupato potesse necessitare di un lavoro al punto da prendere misure così drastiche, soprattutto se aveva una famiglia da mantenere. Tuttavia, la proposta era molto recente e ciò significava che la notizia non si era ancora diffusa più di tanto e non si erano ancora fatte molte ipotesi sui possibili esiti. Anche se non seguivo le notizie di attualità quanto avrei dovuto, venivo comunque a conoscenza degli eventi più rilevanti tramite i social network.

E di questa notizia non si era ancora parlato, almeno non sui social che seguivo.

Quindi l'assassino della senatrice doveva essere qualcuno della sua cerchia. Qualcuno che prestava molta attenzione alle notizie o che ne veniva a conoscenza prima che si diffondessero.

Meditando su questo fatto, telefonai a mia madre; purtroppo rispose subito la segreteria telefonica. Cavolo!

Trascorsi un po' di tempo a fare ricerche su internet, ma senza venire a capo di nulla. Volevo riferire al più presto alla nonna della mia conversazione con Charles, ma lei faticava a non eccedere con il chiasso quando si emozionava per qualcosa. La sua voce sarebbe riecheggiata ovunque in quell'enorme casa per cui, con Cal ancora al lavoro, la nostra chiacchierata avrebbe dovuto aspettare.

Un'ora dopo provai a richiamare mia madre. Lei non abbandonava mai una notizia prima di essere giunta a una conclusione soddisfacente, ed essendo la reporter che l'aveva annunciata, probabilmente ne sapeva più di me sull'oleodotto e su chi avrebbe potuto trarne i maggiori benefici.

Ma non riuscii a contattarla neanche questa volta. *Grrr*. Doveva avere il telefono spento, cosa che non era affatto da lei. Forse lei e papà avevano deciso di assistere a una matinée al nuovo teatro nella città vicina.

Nervosa e incapace di restarmene ancora seduta ad aspettare, decisi di andare a vedere come procedevano i lavori nella mia futura biblioteca. Forse avrei trovato un modo gentile per congedare Cal un po' prima in modo da poter parlare con la nonna di ciò che avevo scoperto.

«Toc toc» dissi prima di aprire la porta ed entrare.

La stanza era ancora più fredda di prima e mi avvolsi le braccia intorno al busto. Era quel periodo dell'anno in cui a Glendale le giornate erano tiepide e soleggiate, ma alla mattina e alla sera la temperatura si abbassava in modo sgradevole. Il grande bovindo era spalancato, le tende trasparenti svolazzavano al vento verso l'interno.

Cal non c'era, e nemmeno gli Sphynx.

Oh no. Che disastro!

Mi precipitai giù per le scale in cerca di qualcuno, chiunque.

Cal era fuori, intento a caricare il furgone. «Tornerei domani, se per te va bene» disse prima di notare la mia espressione allarmata: «Ehi, qualcosa non va?»

«Hai lasciato la finestra aperta?» chiesi. La voce mi uscì incrinata e stridula, una cosa che detestavo: «I gatti sono spariti.»

Cal chiuse lo sportellino del piano di carico del furgone e mi rivolse uno sguardo dispiaciuto: «Accidenti! Mi dispiace. Ti aiuto a cercarli.»

Incapace di attendere oltre, percorsi rapidamente il perimetro del giardino nella speranza di ritrovare i gatti scomparsi, mentre Cal li cercava vicino alla casa. Doveva aver informato anche la nonna, perché uscì anche lei ad aiutarci.

«Non ho lasciato la finestra aperta» mi disse quando ci ritrovammo. «L'ho aperta per qualche minuto per cambiare l'aria, ma ho tenuto d'occhi i gatti per tutto il tempo. Quando l'ho richiusa erano ancora lì.»

«Ti credo» dissi, ma ciò non alleviava la mia preoccupazione. Cosa avrebbe detto Matt se fosse venuto a sapere che i gatti di cui mi ero offerta di occuparmi erano fuggiti? Che desiderasse tenerli o meno, non sarebbe stato affatto contento che fossi riuscita a perdere una delle ultime cose che gli restavano di sua madre.

Scrutai verso il bosco, a disagio. Avrei dovuto inoltrarmici di nuovo? Gattavius mi avrebbe aiutata? E in ogni caso, dove si trovava adesso?

Individuai un'auto sportiva rossa davanti alla casa della senatrice. Sembrava che Thompson fosse andato a fare visita a Matt. Speravo che ciò avrebbe tenuto quest'ultimo occupato abbastanza a lungo da consentirmi di ritrovare i gatti scomparsi. Trascorremmo un'altra mezz'ora a cercarli mentre il sole iniziava a tramontare.

«Mi dispiace davvero molto» disse Cal. Purtroppo non avevamo fatto alcun progresso. «Posso comunque tornare domani per il lavoro?»

«Certamente. E non preoccuparti. Dico sul serio. So che non è stata colpa tua» lo rassicurai.

Lui annuì cupamente, salì sul furgone e se ne andò.

«Metto su qualcosa per cena» annunciò la nonna dandomi qualche colpetto rassicurante sulla spalla. «Non preoccuparti, tesoro. Sono certa che torneranno presto.»

Mi mordicchiai il labbro mentre facevo un altro giro intorno alla casa. Perché quegli Sphynx erano così bravi a nascondersi? E perché Gattavius non era venuto a dare una zampa?

Infine mi arresi e, arrancando su per le scale, andai a ispezionare i piani superiori della casa. Forse non erano affatto usciti. Era possibile che si fossero rintanati in qualche angolo gelido a rabbrividire tristemente. E poi, perché volevano sempre starsene al freddo?

Intanto la temperatura all'interno era scesa. Con grande disappunto mi accorsi di aver lasciato la finestra del bagno spalancata dopo la telefonata di Charles. La richiusi, decidendo che era giunto il momento di una meritata pausa. Avrei potuto ricominciare a cercare i gatti dopo essermi riposata un po'. Ora avevo solo bisogno di sedermi.

Mentre mi avvicinavo alle scale, un'ombra si mosse in fondo al corridoio. Strizzai gli occhi per vedere meglio, chiedendomi se avessi trovato gli Sphynx proprio ora che stavo per abbandonare le ricerche. Purtroppo non erano loro, ma solo la mia fervida immaginazione. Con lo sguardo fisso sulle belle finestre dai vetri colorati dell'ingresso di sotto, scesi il primo gradino e misi un piede dritto su Gattavius, materializzatosi dal nulla: eppure solo un secondo prima avevo controllato di avere via libera e lui non c'era.

Il tigrato emise un terrificante ululato di dolore e io cercai di spostare il peso in tutta fretta per evitare di fargli ancora più male; ma facendolo persi l'equilibrio e rotolai giù per diversi gradini ritrovandomi a metà scala.

«Hai cercato di uccidermi!» gridai afferrandomi la

testa che pulsava. Cadendo l'avevo battuta—avevo battuto ogni singola parte del corpo. «Hai davvero cercato di uccidermi!»

Gattavius spalancò gli occhi per l'orrore: «È stato un incidente!» cercò di giustificarsi, scendendo le scale zoppicante per raggiungermi. Si era fatto male anche lui, ma se la sarebbe cavata.

E io? Ero stata quasi uccisa dal mio gatto e non avevo idea del perché.

La nonna arrivò di corsa: «Oh cielo, Angie! Va tutto bene?»

«Gattavius ha cercato di uccidermi» gridai di nuovo. Come poteva essere accaduto davvero?

«No, Angela, no!» si difese di nuovo lui, senza agitare la coda o esprimere come di consueto la sua irritazione. «È stato un incidente! Ho visto un puntino rosso. Non volevo...»

La porta d'ingresso si spalancò all'improvviso. Mia madre comparve nell'androne, illuminata in controluce dal sole al tramonto, i capelli arruffati da cui spuntavano rametti a strane angolazioni. «Sali subito in macchina!» mi disse. «Mamma, dammi le chiavi!» ordinò alla nonna.

«Non è stata colpa mia! Non volevo farlo!» piagnucolava Gattavius, ma di lui mi sarei occupata più tardi. Scesi gli scalini più in fretta possibile e balzai sul sedile del passeggero della coupé sportiva rossa della nonna.

«Che sta succedendo?» gridai mentre mia madre saliva in auto e inseriva la chiave nel cruscotto.

Il motore ruggì mentre prendeva vita e mia madre pigiò sull'acceleratore facendo alzare una gran nuvola di polvere alle nostre spalle. Partimmo a una velocità tale che mi ritrovai schiacciata con forza contro il sedile. La testa iniziò a pulsare di nuovo, ma il dolore non era nulla in confronto alla curiosità morbosa per ciò che stava per accadere.

«Mamma!» gridai tenendomi forte al cruscotto mentre schizzavamo lungo il vialetto e da lì ci infilavamo sulla strada principale. «Che cosa sta succedendo?»

«Ho visto chi ha cercato di ucciderti» rispose e solo in quel momento notai che ansimava, esausta. «Ero nel bosco e sono arrivata di corsa appena l'ho visto sgusciare fuori dalla finestra di casa tua. Ha ucciso la senatrice Harlow e ha cercato di uccidere anche te. Piccola mia! Se riesco a beccarlo prima degli sbirri lo faccio fuori!»

«Mamma!» gridai per essere certa che riuscisse a sentirmi nonostante il rombo del motore. Lei svoltò bruscamente e la potente fuoriserie della nonna sbandò lungo la via principale di Glendale. «Chi? Chi ha cercato di uccidermi?»

Mia madre stringeva il volante con tanta forza da farsi sbiancare le nocche, ma continuò a pigiare sull'acceleratore. Attraversammo le rotaie della ferrovia e quasi perse il controllo del veicolo. Ciò nonostante, procedevamo a una velocità a cui nessuna auto dovrebbe essere mai spinta.

«Forza, forza» borbottava, la mascella tesa in una linea determinata.

Le sirene ululavano alle nostre spalle: vidi un'auto della polizia di contea che ci inseguiva e acquisiva rapidamente velocità.

«Mamma!» gridai. Non sapevo ancora cosa stesse succedendo ma mi sembrava di essere stata salvata da una trappola mortale solo per finire dritta in un'altra. «Fermati! La polizia ci sta inseguendo!»

«Bene» disse lei inspirando profondamente e accelerando ancora di più. Il tachimetro era pericolosamente vicino ai duecentocinquanta chilometri all'ora. Com'era possibile? Perché mai lo stavamo facendo?

Il panico mi strinse in una morsa mentre procedevamo in quella folle corsa. Accidenti, qualcuno aveva cercato di uccidermi e ora stavo per morire per mano di mia madre che guidava come una pazza!

«Dove potrebbe voler andare?» mi gridò lei. «Dove può essere diretto adesso?»

«Chi?» gridai in risposta. Non ci capivo ancora niente.

«Il tuo capo» tagliò corto lei cambiando freneticamente corsia. «Richard Thompson.»

18

Mi girava la testa mentre sbattevo contro la portiera e la cintura di sicurezza mi affondava nel petto. Davvero mia madre pensava che il mio capo avesse cercato di uccidermi? Non poteva essere. Era stato Gattavius a farmi inciampare. Non avevo nemmeno visto il signor Thompson quel giorno.

«Mamma» dissi, ormai in iperventilazione. «Non so cosa tu abbia visto, ma il signor Thompson non è mai stato a casa mia.»

«Invece c'era» gridò lei svoltando di nuovo bruscamente.

Fu allora che capii che eravamo dirette allo studio legale. Avevamo sempre l'auto della polizia alle calcagna. Mi voltai e vidi l'espressione determinata dell'agente Raines lanciata all'inseguimento. Lei e mia madre erano partite con il piede sbagliato fin dal loro primo incontro e quel tallonamento a velocità folle faceva dubitare fortemente che il loro rapporto sarebbe mai potuto essere amichevole, qualsiasi piega avessero preso le cose.

«Non so come ha fatto a entrare» continuò mia madre. «Ma è uscito da una finestra.»

«Quando?» chiesi in tono implorante, senza riuscire ancora a capire. Come poteva essere tutto vero?

«Circa due minuti prima che raggiungessi la porta di casa tua» disse lei, rallentando leggermente mentre passavamo davanti all'ufficio legale. L'auto di Thompson non c'era.

Le tempistiche indicate da mia madre corrispondevano a quelle della mia caduta, ma...

«Non c'erano auto. Non ne ho vista né sentita nessuna partire prima di noi» insistetti. Anche se Thompson fosse riuscito a entrare e uscire da casa mia senza farsi vedere, non sarebbe riuscito a svignarsela indisturbato con la sua auto sportiva rossa. E non mi sfuggiva l'ironia del fatto che l'inseguito e l'inseguitrice guidassero lo stesso tipo di veicolo. Che inseguimento pazzesco sarebbe stato se Thompson fosse stato alla guida della sua auto!

«Ma certo!» gridò mia madre facendo un'inversione a U degna di un film d'azione. «È ancora lì. Dobbiamo tornare indietro! Tua nonna è in pericolo!»

Il morso della paura serrò ogni fibra del mio corpo al pensiero della mia povera, fragile nonnina tutta sola con un assassino. Era tosta, ok, ma il suo era solo un atteggiamento. Se lui l'avesse aggredita, non avrebbe avuto la minima possibilità di scampo.

Le sirene ululavano ancora alle nostre spalle. «Accosti il veicolo!» tuonò l'agente Raines all'altoparlante.

«Avanti, mamma» la spronai, continuando a tenermi ben salda al cruscotto. «Torniamo dalla nonna!»

Non avevo idea di dove o in che occasione mia madre avesse imparato a guidare a quel modo, ma ci riportò alla tenuta in tempo record, il che era tutto dire considerando la rapidità con cui avevamo fatto il percorso inverso.

Non appena l'auto frenò sbandando, saltai giù e mi precipitai verso casa inciampando sugli scalini del portico. «Nonna!» gridai. «Ti prego, dimmi che stai bene!»

La nonna comparve sulla soglia con indosso il suo grembiule a pois, intenta ad asciugarsi le mani con uno strofinaccio: «Certo che sto bene, tesoro. Ho appena finito di preparare la cena. Tu e tua madre vi siete divertite con quell'inseguimento a tutto gas?»

La strinsi forte, ma l'agente Raines mi allontanò da lei, furente. Era già riuscita ad ammanettare mamma e farla sdraiare faccia a terra. «Si fermi!» gridai. «Non siamo noi i cattivi!»

Ma lei mi ammanettò e iniziò a elencarmi i miei diritti.

Mamma si dimenava a terra: «Lui è ancora qui da qualche parte. Ha cercato di uccidere mia figlia!»

La poliziotta non sembrò prenderla sul serio. «Non me la dà a bere» borbottò.

Ma la nonna le picchiettò con il dito sulla spalla facendoci sussultare tutte: «Senta un po', signorina. Se mia figlia dice che c'è un assassino a piede libero, allora farà meglio a crederci. Che importanza ha se è andata un pochino oltre il limite di velocità? È forse una questione grave quanto un assassino in libertà?»

L'agente Raines rise sarcastica: «Un pochino? Diciamo almeno centoventi chilometri l'ora in più.»

«Dovevo pur attirare la sua attenzione in qualche modo» mugugnò mia madre mentre tentava disperatamente di rimettersi in piedi.

«Beh, ci è riuscita» disse l'agente premendomi le mani sulle spalle e costringendomi a scendere i gradini del portico. «Si è guadagnata la mia completa attenzione e un biglietto di sola andata per la prigione di contea.»

No, no, no. Era tutto sbagliato. Non avevo ancora avuto tempo di mettere insieme tutti gli indizi per scoprire perché Thompson avesse ucciso la senatrice e poi avesse provato a uccidere anche me. Ma mi fidavo di mia madre e se lei diceva di averlo visto, allora molto probabilmente lui era ancora lì da qualche parte.

«Thompson!» gridai cercando senza successo di sfuggire all'agente. «Sappiamo che è là fuori.»

«La smetta di sviare l'attenzione» ringhiò l'agente. Perché questa donna non ci dava retta? Se ci avesse portate via, la nonna sarebbe stata in pericolo e probabilmente Thompson non sarebbe mai stato consegnato alla giustizia.

L'agente Raines mi spinse verso l'auto, mentre la nonna la colpiva a ogni passo: «Lasci andare mia nipote!»

Stava andando tutto rapidamente a rotoli. C'era una sola persona a cui potevo rivolgermi ormai. Beh, non esattamente una persona...

«Gattavius!» gridai voltando la testa per guardare verso la casa. «Aiutaci!»

In quel preciso istante il mio fido, adorato tigrato uscì di corsa dalla gattaiola elettronica e mi fissò con sguardo tremante: «Angela, io non ti farei mai e poi mai del male!»

«Lo so» dissi con dolcezza, una cosa non facile considerando che ero ancora in custodia della polizia. «Aiutaci. Aiutaci a prendere Thompson. È lui l'assassino, non gli Sphynx.»

L'agente Raines mi guardava come si guarda il più patetico degli spettacoli: «Forse riuscirà a cavarsela con la scusa dell'infermità mentale» disse, ed era evidente che la cosa la rendeva estremamente insoddisfatta.

Gattavius corse in cortile e iniziò a gridare a pieni polmoni. Restammo tutte a fissarlo mentre urlava: «Jacques! Jillianne! Adesso! Consegniamo l'assassino della vostra umana alla giustizia! Fatelo in stile felino! E fatelo ora!»

Non so se sapesse davvero dove si nascondessero, ma un attimo dopo un verso terribile risuonò sul tetto, seguito da un soffio fortissimo e...

Thompson apparve barcollando, allontanandosi dal punto in cui si era nascosto dietro la torretta. La mia torretta!

«Eccolo!» gridai all'agente Raines, voltandomi con forza per costringerla a guardare.

«Signore» gridò la poliziotta quando finalmente lo

vide. «Questa è violazione di domicilio. Cosa ci fa lì sopra?»

«Oh, ehm...» balbetto il mio capo strofinandosi le mani sulla giacca. Rivoli di sangue fresco gli colavano su un lato del viso e riconobbi all'istante l'opera di un gatto infuriato—forse due.

Thompson infilò una mano sotto la giacca e ne estrasse una pistola lucente. Rischiavo di morire per la terza volta nel giro di quindici minuti. Che razza di giornata.

«Signore! Metta giù l'arma!» gridò l'agente Raines spingendomi a terra, presumibilmente per tenermi al sicuro.

Gattavius corse da me e iniziò a leccarmi via la sporcizia dalla guancia con la linguetta rasposa: «Mi dispiace moltissimo, Angela! A ripensarci, sono stato usato. Non ti farei mai del male. Sei la mia umana e ti voglio bene.»

«Lo so» risposi, desiderando di non essere ammanettata e potergli accarezzare la testolina soffice. «Anch'io ti voglio bene.»

Un urlo terrificante ci spaventò tutte a morte. Mi voltai giusto in tempo per vedere Thompson cadere al suolo: una gamba era piegata a un'angolazione anomala dopo quel volo da un'altezza di due piani, e lui gridava di dolore.

Girandomi sul fianco guardai su e vidi Jacques e Jillianne, finalmente ricomparsi, seduti sul bordo del tetto, intenti a leccarsi con soddisfazione le zampe prive di pelo. E all'improvviso un altro pezzo del puzzle andò a posto. Non sapevo ancora perché l'avesse fatto, ma Thompson aveva usato gli Sphynx per far inciampare la senatrice, proprio come aveva usato Gattavius per cercare di far inciampare me. Razza di stronzo scaltro! Non c'era da meravigliarsi che i poveretti, sconvolti, avessero confessato.

Gattavius lanciò un'occhiata a Jacques e Jillianne sul tetto, piangendo di gioia. «In puro stile felino!» si entusiasmò correndo verso la sagoma prostrata di Thompson.

Ciò che accade dopo non fu un bello spettacolo. Gattavius si arrampicò sulla schiena di Thompson e si accovacciò. Una chiazza umida si espanse rapidamente sulla giacca chiara dell'uomo e l'inconfondibile odore di urina di gatto si mescolò all'aria fresca della sera...

«Questo è per aver cercato di uccidere la mia umana!» strillò raspandogli vigorosamente la schiena con le zampe posteriori.

La nonna rise e batté le mani. L'avrei fatto anch'io se non fossi stata ammanettata. «Che spettacolo!» strillò.

«Agente Raines» borbottai con la faccia ancora premuta a terra. «Quell'uomo si è introdotto in casa mia e ha cercato di uccidermi. Siamo piuttosto certe che abbia ucciso anche la senatrice Harlow cercando di farlo sembrare un incidente.»

Thompson gemeva per il dolore, che doveva essere lancinante.

«È fortunato a non essersi spezzato l'osso del collo con una caduta del genere» disse la poliziotta togliendo le manette a me e a mia madre e poi andando ad ammanettare lui. «O forse no, considerando tutte le spiegazioni che dovrà dare una volta arrivato in centrale.»

Lo costrinse ad alzarsi in piedi e lui gridò nuovamente di dolore.

«Ben gli sta!» gridò la nonna quando l'agente Raines lo spinse sul sedile posteriore dell'auto della polizia e si allontanò nella notte.

E così, ora che sapevamo chi era il colpevole, era giunto il momento di scoprire il movente...

19

o, la mamma e la nonna ci sedemmo al tavolo da pranzo—lo stesso al quale all'ex proprietaria della tenuta era stato servito il pasto avvelenato che le era costato la vita. Cercai di non pensarci troppo mentre gustavo la deliziosa e ben meritata cenetta preparata dalla nonna.

Nonostante lo sfarzo che ci circondava, stavamo mangiando un timballo di tagliolini al tonno con salsa viennese e pangrattato.

«Non riesco a credere che il signor Thompson abbia assassinato la sua amica. E che abbia cercato di uccidermi» dissi scuotendo tristemente il capo.

Gattavius, seduto di fianco a me, stava divorando un bel piatto di panna fresca. Sollevò la testa, ruttò e mi sorrise senza la minima traccia di vergogna. Era stupefacente la rapidità con cui tutto era tornato alla normalità.

«Beh, hai sempre detto che non era un granché come capo» puntualizzò la nonna conficcando il coltello in una piccola salsiccia e assaggiandone un pezzo con un'espressione di totale beatitudine.

«Non un granché come capo e assassino sono due cose ben diverse» sottolineò mia madre. Aveva trovato una vecchia bottiglia di pinot nero in cantina e lo stava bevendo a generose sorsate da un calice colmo fino all'orlo.

«Hai risolto il caso» le dissi con il mio miglior sorriso da brava figlia. «Sei stata tu a scoprire tutto. Ma come?»

Esitò un istante, bevve un altro sorso e poi disse: «Beh, non è stato facile, ma quando la polizia ha stabilito che si era trattato di un incidente, sapevo che non poteva essere la verità. Dato che tu e la nonna avevate formato il vostro club di indagini privato, ho deciso di nascondermi nel bosco e tenere d'occhio la situazione. È ciò che avrebbe fatto qualsiasi buon giornalista.»

«E hai visto Thompson gironzolare da queste parti» proseguii io.

«Sì. Mi sono insospettita soprattutto quando l'ho visto arrampicarsi fino a una finestra del secondo piano. Gli ospiti benaccetti di solito non lo fanno.» Bevve lentamente un altro sorso di vino e sospirò. «Tuttavia, non so ancora perché l'abbia fatto.»

«La senatrice stava pensando di ritirarsi. Lo stava preparando a prendere il suo posto» rivelai. «Me lo ha detto Charles oggi pomeriggio.»

«Ehi, questo non me l'hai detto!» protestò la nonna posando la forchetta e passandosi il tovagliolo sulle labbra.

«Non l'ho detto a nessuna delle due. Non ne ho avuto modo.»

«Quindi a quanto pare», disse mia madre sfiorando con un dito il bordo del calice mentre parlava, «Charles ha fatto una soffiata a Thompson. Per questo lui è venuto a ficcanasare qui.»

«Charles non farebbe mai nulla per mettermi in pericolo» ribattei, di nuovo con la paura che mi stringeva lo stomaco in una morsa.

«Non volutamente» concordò la nonna. «Pensi che Thompson l'abbia ingannato?»

«È colpa mia» borbottai, comprendendo finalmente che cosa era successo. «Ho chiesto a Charles di domandargli perché si fosse recato sulla scena del crimine il giorno del ritrovamento.»

«E tanto è bastato per metterlo in allerta e capire

che sospettavi di lui» disse la nonna con cipiglio. «Non mi è mai piaciuto quel tizio.»

«Non l'hai nemmeno mai incontrato» puntualizzai, apprezzando però la prontezza con cui lei e mamma erano sempre disposte a schierarsi dalla mia parte.

«Ma erano amici» disse mia madre dopo qualche istante di silenzio. «Ha ucciso un'amica. Per che cosa? Potere?»

«Sinceramente non lo so» dissi. «Forse l'agente Raines e l'agente Bouchard riusciranno a scoprirlo.»

«Spero proprio che questo sia l'ultimo omicidio a Glendale per molti anni a venire» concluse la nonna con un sospiro.

«Io no» ribatté mia madre sollevando il bicchiere. Quando io e la nonna ci voltammo a guardarla inorridite, aggiunse: «Sono notizie che fanno un sacco di ascolti.»

«Io sono d'accordo con lei» disse Gattavius dal suo angolino al mio fianco. «Non mi sono mai divertito tanto in tutte le mie vite.»

Finimmo di cenare e mia madre se ne andò. Mi resi conto solo allora di aver dimenticato di chiedere a Cal di portare qui il letto della nonna, ma a lei sembrava non importare affatto.

«Mi piace dormire accanto al bovindo» disse. «È emozionante.»

Alzai gli occhi al cielo ma non dissi niente e mi diressi in camera mia.

Gattavius mi seguiva a breve distanza: «Angela?» chiese. «Tra noi è tutto a posto?

Ci infilammo a letto e gli accarezzai la schiena: «Ma certo. Non è stata colpa tua.»

Lui voltò la testa e si spostò fuori dalla mia portata: «Avrei dovuto fare di più. Aiutarti di più con gli Sphynx.»

«Sì, avresti dovuto» concordai. Su questo non intendevo soprassedere. «Ma non possiamo cambiare il passato. Solo cercare di fare meglio in futuro.»

Gattavius si rotolò sulla schiena facendo le fusa: «Ora puoi accarezzarmi la pancia» mi informò.

Esitai, le dita a pochi centimetri dal suo addome morbido: «Prometti di non mordermi?»

«Prometto che non ti morderò mai più» disse. Dubitavo che avrebbe mantenuto quella promessa: per quanto potesse sentirsi euforico e volesse dimostrarmi tutto il suo affetto, quel momento sarebbe passato e senza dubbio si sarebbe di nuovo arrabbiato con me prima o poi. Tuttavia, non dubitavo delle sue buone intenzioni.

Per quella sera decisi di rilassarmi un po' e mi godetti quell'inaspettata gentilezza. Lo coccolai ancora per qualche istante, poi il mio telefono prese a vibrare.

«Solo un attimo» dissi mettendo la chiamata in vivavoce. «Pronto?»

«Sono Charles» disse il mio amico, senza fiato.

Un ampio sorriso mi si dipinse sul volto: «Lo so.»

«Ti lascio a chiacchierare con il tuo fidanzato» annunciò Gattavius, correndo fuori dalla stanza e dirigendosi in chissà quale parte della casa. Ero lieta che Charles non riuscisse a capire cosa diceva il mio gatto, soprattutto perché sembrava molto preso dalla sua ragazza, Breanne Calhoun, e io, per quel che mi riguardava, non sapevo ancora come sarebbero andate le cose con il gemello di lei, Cal, per cui mi ero da poco presa una cotta.

«Ho sentito cos'è successo con Thompson» disse Charles. Gli si spezzò la voce, sembrava che stesse piangendo. «La polizia è venuta a interrogarmi stasera. Pensavano che fossi suo complice, che potessi essere coinvolto.»

«Sanno che non è così, vero?» sbottai. Non volevo a nessun costo che Charles si prendesse la colpa dell'accaduto. Era stato coinvolto nella faccenda solo perché gli avevo chiesto di aiutarmi.

«È colpa mia se è venuto a cercarti!» La voce gli si

spezzò di nuovo. «Angie, se ti fosse successo qualcosa io...»

«Basta così. Non è successo niente. Sto bene. E tu come stai? Ti hanno già scagionato?»

«Non ufficialmente, ma sono certo che sia solo questione di tempo.»

«Sto ancora cercando di capire perché Thompson abbia ucciso una sua amica.» Iniziai a mordicchiarmi di nuovo l'unghia del pollice. Fortunatamente Charles non poteva vedermi mentre mi dedicavo a quell'attività disgustosa, né mia madre era lì a rimproverarmi.

«Non credo che intendesse farlo» rispose Charles. «Suppongo che volesse solo metterla fuori gioco per spingerla a ritirarsi subito e poter prendere il suo posto.»

«Ma per quale motivo?»

«Spero che la polizia riesca a farglielo confessare, ma suppongo che lui e la senatrice fossero in disaccordo in merito alla proposta di costruzione dell'oleodotto. Un tempo entrambi erano sostenitori dell'ambiente, ma è probabile che Thompson fosse disposto a mettere da parte i suoi principi etici per il giusto prezzo.»

«Ma è una cosa orribile!» sbottai. Mi strofinai la bocca con il braccio.

«Sì, lo è» concordò Charles. «Ma ora mi prometti che stai bene?»

«Promesso» lo rassicurai. «Oh, e congratulazioni! Ho saputo che hai fatto un'offerta per acquistare la casa di mia nonna.»

Lui rise: «Oh, quello. Ho dei bei ricordi del periodo a cui abbiamo lavorato insieme al caso Calhoun.»

«Buonanotte, Charles» dissi con un gran sorriso stampato in volto. Forse avevo ancora una possibilità con lui in fin dei conti.

«Hai finito?» chiese Gattavius in piedi sulla soglia.

«Sì. Posso avere altre coccole ora?» chiesi battendo la mano sul letto accanto a me.

Lui mi lanciò un'occhiataccia: «Angela, non in pubblico!» Si fece da parte rivelando Jacques e Jillianne, in attesa nel corridoio. Loro, a differenza di Gattavius, non capivano ciò che dicevo, ma a quanto pareva non era quello il punto.

«Scusate» mormorai mettendomi seduta sul letto. «Entrate pure.»

I tre gatti entrarono nella stanza e trovarono tutti un posticino comodo sul piumone.

Aspettai che Gattavius mi spiegasse cosa stava succedendo e, dopo un breve silenzio imbarazzato, lo fece: «So che hai ancora delle domande sull'accaduto, così sono andato a cercare questi due e li ho portati qui affinché possano rispondere.»

«Ma tu non li sopporti» sussurrai coprendomi la bocca, nel caso in cui sapessero leggere il labiale.

Gattavius si strinse nelle spalle: «Sono fastidiosi, ma anche tosti a modo loro. Hai visto come hanno buttato giù dal tetto quel tizio? È stato spettacolare!»

Risi e allungai la mano per accarezzare lo Sphynx più piccolo, Jacques. La sua pelle era sorprendentemente soffice, non viscida e fredda come mi aspettavo.

Anche Jillianne si avvicinò per farsi accarezzare, ma Gattavius mi saltò in grembo e miagolò in segno di avvertimento: «Giù le zampe dalla mia umana!» strillò.

Risi di nuovo. Mi piaceva quando il tigrato mostrava di tenere al nostro rapporto. Poiché non si faceva problemi a insultarmi ogni volta che voleva, sapevo che anche i complimenti erano sentiti e arrivavano dritti dal cuore.

«Ok» disse quando gli Sphynx si furono ritirati al fondo del letto. «Cosa vuoi sapere?»

«Hai parlato di un puntino rosso quando hai... voglio dire, quando sono caduta. Anche loro hanno visto un puntino rosso?»

I gatti miagolarono a turno per un po' e per una volta restai in silenzio a godermi lo spettacolo. Qualche minuto dopo Gattavius mi riferì: «Sì, un puntino rosso luccicante. Quello del puntatore laser.»

«Se sai che si tratta del puntatore laser, perché gli dai la caccia?» gli chiesi.

Lui si voltò verso gli Sphynx ma io lo interruppi: «No, l'ho chiesto a te.»

«È qualcosa che non possiamo evitare» disse in tono grave. «Alcune cose sono così e basta. Così come il sole sorge e gorgheggia il pettirosso, i gatti danno la caccia al puntino rosso.»

«Chi è che parla in rima ora?» gli chiesi con un sorrisetto. «Sei stato così poetico.»

Lui alzò gli occhi al cielo: «Vuoi che ti aiuti o no?»

«Sì, per favore.» Gli diedi un colpetto affettuoso sulla testa per scusarmi. «Chiederesti loro perché se ne stanno sempre seduti in quell'angolino gelido?»

«Oh, questo lo so già» disse Gattavius. «Lo fanno per punirsi.»

«Punirsi?» chiesi provando un'immensa pena per quei due poveri micetti.

Lui annuì: «I gatti amano il tepore e gli Sphynx ne hanno ancora più bisogno degli altri. Si sentivano così in colpa per aver ucciso la loro umana che hanno deciso di infliggersi quella punizione.»

«Ora sanno che non è stata colpa loro?»

Lui scosse il capo: «Non ne sono certo. Ho provato a spiegarglielo, ma sono ancora molto turbati.»

«Oh, poveretti» dissi spostandomi al fondo del letto per accarezzarli.

«Angela, non li terremo con noi!» mi avvertì Gattavius.

«Va bene» dissi con un sorriso dandogli un altro colpetto rassicurante. «Ho già il gatto perfetto per me e comunque credo di avere già in mente chi potrebbe essere l'umano perfetto per loro.»

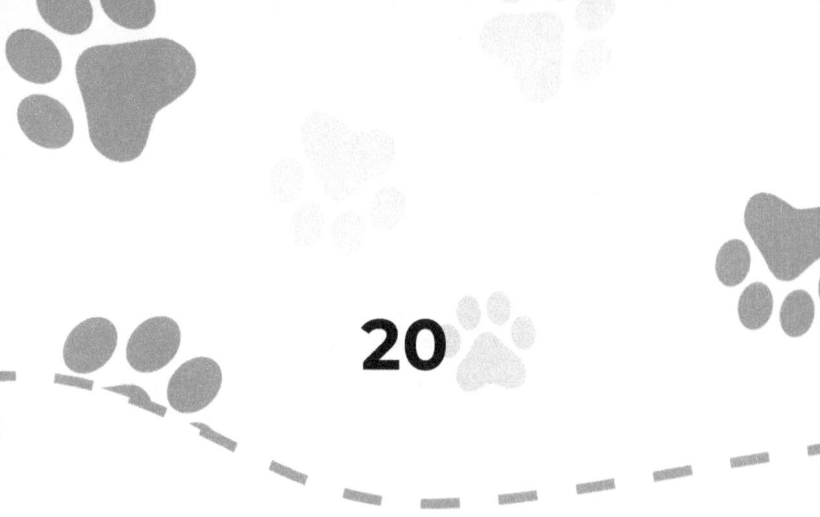

20

Sono trascorse un paio di settimane da quando io, la nonna e Gattavius ci siamo trasferiti e ora inizio a sentirmi davvero a casa mia qui. L'aspetto migliore, a parte essere tutti insieme ovviamente, è la nuova biblioteca che Cal ha realizzato per me. Ci ho spostato la mia scrivania e adesso ci trascorro ore intere a leggere, fare ricerche o navigare sui social. Cerco di tenermi più informata sull'attualità dopo che sono quasi stata uccisa a causa degli eventi politici del paese.

Mamma non potrebbe essere più orgogliosa.

Il mio ex capo, il signor Thompson, è stato accusato di omicidio colposo. Come sospettava Charles, non aveva intenzione di uccidere la senatrice Harlow, ma solo di metterla fuori gioco. Ha confessato di aver manomesso un gradino della scala e di aver drogato il drink della senatrice alla serata di raccolta fondi. E sì, ha usato i suoi gatti contro di lei. Per colpa di un puntino rosso scintillante, Jacques e Jillianne si sono trasformati in un'arma letale. Thompson aveva progettato tutto affinché la morte sembrasse un tragico incidente, ma non aveva fatto i conti con me e il mio super team investigativo.

Ha dichiarato che non intendeva uccidermi, solo spaventarmi, ma io non me la bevo. In ogni caso, non è me che deve convincere. In effetti non deve convincere più nessuno: è già stato radiato dall'ordine degli avvocati e non potrà mai più candidarsi al senato. L'unica questione che resta da definire è quanto tempo passerà dietro le sbarre e io spero che sia parecchio.

Jacques e Jillianne sembrano essere riusciti, finalmente, a perdonarsi e, anche se sentono molto la mancanza della loro umana, ora hanno un bravo papà che si occupa di loro. E non si tratta di Matt, bensì di Charles Longfellow III. Sapevo che si sentiva solo da quando Yo-Yo lo Yorkshire non sta più da lui e, considerando che ha deciso di restare a vivere qui, due gatti sono la soluzione perfetta per rendere più accogliente la sua nuova casa.

Lui non li trova inquietanti. Immagino che,

essendo cresciuto in California, sia abituato alle stranezze e le affronti senza battere ciglio.

Anche Matt, il figlio della senatrice, ha deciso di restare a Blueberry Bay. Dice che vuole portare avanti il lascito morale di sua madre e si sta contendendo con l'ex moglie la custodia estiva dei figli. Spera di dare loro la stessa infanzia da sogno che ha vissuto lui e di trasmettere loro l'amore per l'oceano. È un vicino decisamente simpatico ora che non ho più paura di lui; tuttavia, ha intenzione di vendere la tenuta e cercarsi un appartamento più piccolo. In questo modo potrà contribuire a finanziare il fondo per la borsa di studio Lou Harlow.

La senatrice ha lasciato il segno anche a Washington: riordinando le sue cose Matt ha trovato una proposta quasi completa per una fattoria eolica che verrà realizzata proprio qui nel Maine. Sua madre non aveva ancora avuto occasione di presentarla al senato, ma Matt si è accertato di consegnarla a chi di dovere.

Quindi tutto sta andando per il verso giusto. Non proprio un finale coi fiocchi ma... a volte bisogna accontentarsi.

Ora resta solo un'ultima questione da sistemare e me ne occuperò oggi stesso. Il mio nuovo campanello inizia a suonare con un jingle d'altri tempi che la nonna ha scelto da un lunghissimo elenco di opzioni.

«Arrivo» grido precipitandomi giù per le scale e spalancando la porta.

Mamma sembra tesa, ma io sono tranquilla. La stringo forte e la conduco nella mia nuova biblioteca.

Sussulta quando la vede: «Oh, Angie. È un sogno!»

Le faccio cenno di sedersi accanto al bovindo. Ho lasciato la finestra aperta e la mite brezza primaverile proveniente dalla baia soffia delicata nella stanza.

«Sì, lo è» concordo con un sospiro di gioia. «Ma non è per questo che ti ho invitata oggi.»

«Oh, e allora per cosa?» Mamma appoggia le mani in grembo, in attesa.

«C'è qualcuno che voglio farti conoscere. Gattavius!» grido e un instante dopo il mio compagno d'indagini felino ci raggiunge di corsa.

Mamma ride. «Conosco già Gattavius» dice allungando una mano per accarezzargli la soffice testolina striata.

Sorrido e scuoto il capo: «Ma non quanto lo conosco io. Vuoi parlare con lui?»

Lei aggrotta le sopracciglia e il suo sguardo si sposta su Gattavius e poi di nuovo su di me: «E come?»

«Vi faccio da interprete.» Appoggio le mani sulle sue e i suoi occhi si illuminando di gioia.

«Davvero?»

«Davvero.» Le stringo le mani, poi le lascio andare.

Mamma non riesce a nascondere l'eccitazione, anche se ci prova: «Ho così tante domande! Come funziona? Riesci a capire cosa dicono anche altri animali? Lui capisce ciò che dico? Che ruolo ha svolto la macchina per il caffè in tutto questo?»

Rido di nuovo. Il sorriso di mamma si spegne, ma io le passo un braccio intorno alle spalle per farle capire che va tutto bene.

«Sono tutte ottime domande» dico. «Affrontiamole una alla volta.»

Il prossimo libro della serie è ora disponibile!

Scarica la tua copia di *Farabutti pelosi* e comincia subito a leggere!

MOLLY E I SUOI LIBRI

CHI È MOLLY FITZ

Tecnicamente, la scrittrice e autrice di best-seller Molly Fitz non è in grado di parlare con gli animali. Questo però non le impedisce di avere conversazioni serie e molto animate con i suoi tre assistenti-scrittori felini.

Molly vive in una sperduta regione selvaggia dell'Alaska insieme a suo bambinə e lo zoo di famiglia. Di tanto in tanto, Molly si arrischia a uscire di casa, se c'è in vista un buon pranzetto o aroma di caffè... o, magari, per incontrare nuovi amici animali.

Scopri di più su Molly e sui suoi libri, e non dimenticarti di iscriverti alla newsletter su **www.raccontimiciosi.com.**

* * *

UN DETECTIVE CON LE VIBRISSE

Angie Russo si è messa in società con il primo gatto parlante investigatore di Blueberry Bay, Gattavius, che, insieme alla sua banda un po' sgangherata di aiutanti animali e umani, risolverà ogni mistero... a patto che questo non interferisca con le sue abitudini. Comincia con il primo libro della serie, ***Il segreto del gatto***.

LE AVVENTURE MAGICHE DI MERLINO

Gracy Springs non è una maga... ma il suo gatto, sì! Adesso, però, Gracy deve mantenere il segreto, altrimenti rischia di passare il resto della vita in una prigione magica. Grossi guai sembrano attenderli a ogni passo. Comincia con il primo libro della serie, ***Merlino sceglie un famiglio***.

... E TANTE ALTRE NOVITÀ IN ARRIVO!

* * *

CONNETTITI CON MOLLY

Se sei alla ricerca di una community di lettori strava-
ganti, che amano gli animali tanto quanto i libri,
allora non c'è dubbio: saremo amici!

Segui **la mia pagina Facebook**: www.facebook.com/
raccontimiciosi

Iscriviti alla mia **newsletter** e riceverai un pacchetto
gratuito in formato digitale, tutte le ultime novità e
aggiornamenti e, nelle occasioni speciali, omaggi
pensati apposta per gli appassionati: www.raccontimi
ciosi.com/iscriviti